和对手做好邻居

焦文旗 —— 主编

常朔 —— 副主编

花山文艺出版社

河北·石家庄

图书在版编目（CIP）数据

和对手做好邻居 / 焦文旗，常朔主编. -- 石家庄：花山文艺出版社，2020.6 （2025.1 重印）
（"智慧人生"丛书）
ISBN 978-7-5511-5191-7

Ⅰ. ①和… Ⅱ. ①焦… ②常… Ⅲ. ①散文集－中国－当代 Ⅳ. ①I267

中国版本图书馆CIP数据核字 (2020) 第094732号

丛 书 名：**"智慧人生"丛书**
主　　编：焦文旗
副 主 编：常　朔
书　　名：**和对手做好邻居**
　　　　　He Duishou Zuo Hao Linju

选题策划：郝建国　王玉晓
责任编辑：师　佳
责任校对：李　伟
封面设计：新华智品
美术编辑：王爱芹
出版发行：花山文艺出版社（邮政编码：050061）
　　　　　（河北省石家庄市友谊北大街330号）
销售热线：0311-88643299 / 96 / 17
印　　刷：北京一鑫印务有限责任公司
经　　销：新华书店
开　　本：880mm×1230mm　1/32
印　　张：6.25
字　　数：120千字
版　　次：2020年6月第1版
　　　　　2025年1月第5次印刷
书　　号：ISBN 978-7-5511-5191-7
定　　价：39.80元

编 委 会

写在前面

◎ 郝建国

花有千万种，路有万千条。

对自然而言，和风细雨，阴晴冷暖，均为常态；于人生而言，顺境逆境，悲欢离合，亦属习见。

人生是一段持续百年的跋涉，需要不断地汲取营养，增添前行的动力。

在人类漫长的发展史中，无数先哲积累了大量的人生智慧，铸就了许许多多的智慧人生。这些经验，经过传承，由文言文转为白话文，弥散在一个个现代版生活故事中，感染和引领着无数的人，由粗放走向精致，由遗憾走向尽美。

我们认为，智慧的人生才是完美的人生。

为了便于大家在阅读中感知和体味人生智慧，我们编选了这套"智慧人生"丛书。

丛书由《看淡人生悲与喜》《活着，就是最美的风景》《与过去的自己对话》《爱是最好的良药》《和对手做好邻居》《活成一支小夜曲》《相信自己的"奇迹"》《仁爱比聪明更重要》《幸福就是一场雨》共九册构成，从多角度揭示智慧人生的不同侧面，展示智慧人生的多维内涵，寄望身边的每一个人都能活得精彩、活得明白、活得有尊严。

丛书中的文字浅显易懂，故事生动感人，读来畅快淋漓、兴趣盎然、回味隽永。文章作者，虽不乏文坛宿将，然多为普通写作者，他们从身边琐事写起，独抒性灵，讲述对人生的智慧解读。阅读的过程，宛如与故友谈心，丝丝涟漪，轻轻荡漾，如春风化雨，滋润心田。

人生如航行，智慧是灯塔。

祝读者朋友一路顺风，愿智慧之灯无碍长明！

目录

第二部分　和对手做好邻居

第三部分　爱是一个顶针格

第四部分　老地方等雨

第一部分

与世界相拥

晨 昏

◎马　浩

一日之美，上午在晨，下午在昏。

晨，从模糊中开始；昏，在模糊中结束。

晨昏是一天的分界，一天从鸿蒙之初，渐渐明朗，到朗朗乾坤，直至黄昏后的混沌一片，然后，沉入茫茫黑夜，黑夜又缓缓走向黎明，完成了一天的周行。其间琐碎繁杂的内容，便是百姓所说的日子。

无论是晨，还是昏，无不与太阳有关。方块的汉字简直太奇妙了，晨，是顶着太阳出来的；昏，是在太阳落下之后出现的。

有人喜欢在海上观日出，也有人喜欢于长河赏落日，有人喜欢在泰山看日出，亦有人喜欢于大漠望日落，欣赏这种自然壮美，需要襟怀。

老百姓或许更醉心村东杨树林冒出来的晨曦，落日掉进村西山后时铺排的漫天的彩霞。这种场景少不了袅袅炊烟、鸡飞狗跳，便也多了几分人间烟火气息。如此寻常的场景唾手可得，足不出户就能看到，无须远涉，不要门票，但就怕司空见惯，像右手握左手一般，失去了感觉。

天地有大美，不管你有心或无意，重视或忽略，晨昏依然故我，把自己的华彩近乎夸张地释放出来，令人感悟、沉思。

晨之美的要义，是在模糊中，让人看到明亮，感受到温暖；昏，则是在模糊中，令人预见明亮，体会温暖。它们是殊途同归，互为表里。

晨若是阳，昏无疑就是阴。如果它们是两尾鱼，晨便是白鱼，昏则是黑鱼，它们游到一起，便是无中生有。

这条人生路，无论有多长，都无法走出晨与昏。人生在世，到底要追求什么？很多人夜以继日地忙碌着，无心体会晨昏之美，或浑浑噩噩无视晨昏的存在。日子一天一天地滚动着，像滚雪球一样越滚越大，人只是吃力地推动它，企图推它走向人生的巅峰，那，又怎么能领略晨昏的苦心暗示呢？

难得糊涂，应该是说晨昏之光的折射。晨从夜间醒来，揉着惺忪的睡眼，世界的一切都处在模模糊糊的状态。模糊不是看不清，是为了看得更清楚，眼睛揉过了，太阳冒头了，一切便都了然于心。黄昏时分，此时的天是半透明的，半透明的目的是让人们明白，有些你认为看清楚了的事物，需要在模糊中重新审视，才能得到真正的认识，而这亦需要用心去体验。

朝秦暮楚，恰好与难得糊涂相反。朝秦暮楚者，想把晨昏暗的部分摒弃掉，妄想着把明的部分留下来，那怎么可能呢？他们自以为把事物看得清楚了，精细地计算过了，却忘了一件事，就是以利益为重，失去心的评判，结果终将是机关算尽太聪明，迷失了自我。

晨昏，看上去像是把一天分成了上下半场，其实，它的主导思想是中庸。天，是寻常的日子，过日子，就图个有盼头。一个盼字，让日复一日，不再是机械的重复，无聊的复始，而变得有意思起来。

早晨，抬头看看日出，崭新的一天开始了；黄昏，望着落日坠入地平线，夜晚来了，梦也来了。晨昏这张彩笺，在自然的大美的背景下，写着日子与人生。

在孤独中盛放

◎王　霞

"一蓑一笠一扁舟，一丈丝纶一寸钩。一曲高歌一樽酒，一人独钓一江秋。"

这是清代王士祯的《题秋江独钓图》。

一个渔人、一件蓑衣、一顶斗笠、一叶扁舟、一边唱歌、一边喝酒……九个一的叠用，写尽了渔人逍遥中却深藏着的几许萧瑟与孤寂。

其实，这世界上，每个人都是孤独的：赤条条一个人来，一个人去。我的世界永远只是我的世界：我感觉到的就是我自己的感觉，我想象到的就是我自己的想象，我体会到的就是我自己的体会。任何人都不能替代我在我自己的世界去感觉，去想象，去体会。同样，我也不可能进入别人的世界去感觉，去想象，去体会，这就是每个人的自我。从这个角度来讲，人的本质就是孤独的。

孤独最可能发生在外部缺乏满足自己需要的条件时，比如没人听你说话或没人听得懂你说的是什么，你需要帮助时举目无亲或没人肯伸出援助之手。

所以，人们习惯害怕孤独，因为那是一种疏离。

在心理学家冷酷的解析中，可以感受到孤独感似乎是人与生俱来的，只不过各人的感受不同，产生的影响不同。

说到这儿，想起路德维希·维特根斯坦。维特根斯坦是20世纪最有影响力的哲学家之一，他父亲是欧洲钢铁工业巨头，母亲是银行家的女儿。按规定可免服兵役的这样一个富家子，在第一次世界大战时，却积极要求入伍。在血雨腥风的战场上，处于孤独情怀中的他完成了标志着哲学语言学转向的《逻辑哲学论》的初稿。战争结束后，他又怀着贵族式的热忱前往奥地利南部山区，成为一名小学教师。在那里，他过着苦行僧般的生活，对学生充满了热情。然而他的热情却被无法理解他的家长们视为疯狂。几年后，孤独的维特根斯坦结束了乡村教师的生活，来到修道院里做了一段时间的园丁助手，然而，他依旧无法摆脱孤独。后来他的姐姐担心他的精神状态，而要求他协助设计并负责建造了自己的一处宅第，这就是后来的保加利亚使馆。这座建筑物使维特根斯坦获得了建筑师的身份。

维特根斯坦的一生似乎都在寻求孤独与挣脱孤独中挣扎。然而，他却说："孤独，对我来说，是一种莫大的幸福！"这是维特根斯坦的名言。我想，正是孤独成就了他的思想与建树。能理解这句话，才能理解维特根斯坦在外人看来的一些不可思议的选择。

由是，我想，孤独一定也是一种有价值有质感的状态，它的优劣取决于你对待它的态度。

似乎，孤独成就的哲学家不只维特根斯坦。康德、尼采、帕斯卡……哪一个又不是在孤独中求解这个世界的奥秘呢？

"古来圣贤皆寂寞"，孤独从某种意义上来说是思想的基础。

傅雷，是一个"不正常"的人。说他不正常，是因为纵然功成名就，他依旧被孤独缠绕，所以他最大的乐趣就是工作。

傅雷的孤独是真实的，他反复提到这是自己性格所致。寂寞与孤独同宗同源。因为他的儿子去国万里，而自己却是将教育孩子同民族发展连在一起的父亲，所以他在孤独中思念儿子，思索教育，直至离世。

傅雷的孤独还体现在他的勤奋上。不管什么境况，他都是将工作放在一切之上，偶尔因为什么误了活，就惴惴然乃至寝食难安。他在孤独中工作，他的翻译工作，不论是病痛还是心痛都不能阻碍，直至不能工作。他的一生，用毅力战胜了孤独。

而我们，又是如何面对孤独的呢？我们缺少将孤独演绎成浪漫的能力。于是，我们拥有孤独却又如此畏惧孤独。正如马尔克斯在《百年孤独》中把孤独塑造成布恩迪亚家族的家徽，每一个成员都自觉不自觉地佩戴着它。他们渴望用孤独的高傲拯救自己于孤独的泥淖。

同时，孤独在他们的世界里又是一把双刃剑。他们害怕自己陷于孤独，而以自己独特的方式反抗孤独，悖论的是他们的生存又离不开这种孤独，他们渴望保持孤独的高傲姿态。可见，布恩迪亚家族成员的孤独带有一定的矛盾性……因为，时间或者世事变迁都消灭不了孤独。

借用朋友的一句话：幸福总是瞬间，孤独将如影随形。

其实，孤独这把双刃剑从来都是人类的依靠。凭借孤独，人们保护脆弱的内心自我。又源于孤独，他们渴求向外寻找慰藉或陪伴。我们何不像路德维希·维特根斯坦那样，把孤独演化为一种幸福？当我们战胜它并享受它的时候，我们一定会成就独特的自我，一如那些哲学家，抑或傅雷。

美好和美好才能成为知己

◎韩　青

　　我们知道，世间万物跟我们一样，都有其本性。可是，总有一些人，无视、扭曲、扼杀它们的本性，自然也就造成对它们的误解，进而跟它们产生了巨大的隔阂。世间很多的失败、悲剧往往都是因为这个原因。

　　《庄子》中记载：一只海鸟停留在鲁国国都的郊外，鲁王让人驾车迎接它，并且在宗庙里向它敬酒，演奏乐曲想使它高兴，准备牛、羊的肉作为它的食物，于是这只海鸟双目昏花了，忧愁悲伤，什么也不敢吃，不敢喝，三天就死了。显然，鲁王是用自己的生活方式来养鸟，不是用养鸟的方法来养鸟。换言之，就是没有按照鸟的本性来养鸟，所以，才会产生这样的恶果。

　　只有深刻理解事物，充分照顾到它们的本性，我们才能使其展现出最美好的那一面。

　　其实，世间种种美好，就像一棵树，你越懂它，它就长得越好。可是，很多人固执己见、我行我素甚至狂妄自大，这样的人，丢失了自己的美好人性，所以，他们对待万物的态度也就发生了变化。要想很体贴地走近万物，已经不可能了，而是变得独断专横、飞扬跋扈，不去理会某个事物的内心感受，因此，他们往往会吃闭门羹。要知道，万物都有自己的本性，当它发现你的恶劣，就会躲起来，不跟你见面，也或者，由于偏执，你走错道了，正好与它擦肩而过。

其实，人活在世上就是不断地跟万物打交道，而万物又各有其道。因此，只有拥有美好人性的人，才能深谙此道。若想和万物深交，我们该做的就是，对它们非常热爱，并且懂得怎样去靠近它们、拥抱它们，也就是说，深刻理解它们的本性，如此它们对我们也才能像找到了知己一样。只有美好的人性，才懂得物性，也才能跟万物拥有美好的默契。

说实话，我们跟万物都是平等的，你怎样对待它们，它们就怎样对待你；你拿出怎样的热情跟它们交往，它们就拿出怎样的热情回应你……也许，这就是我们跟万物之间的心电感应吧。只有彼此真诚、和善，才会产生共鸣。这样，美好和美好才能成为知己，而拥有了知己的美好，才会变得更美好。

乘物游心

◎草　予

　　书案上，零零落落的两三花器，昔日朱门今夕遍生青苔般的静寂，像一截嶙峋的人间，每在沉卷之时，举目可见。于是，打算用一种极简的思路，要让它们旧瓦浴新雪。

　　择一枝筋骨的六月雪，伴两粒矢车菊，配一眼青瓷，叶是紫藤。在案头，就是一节短小明目的诗。

　　一丛老竹，两穗雀麦，一颈清璃，竟有瘦去人间烟火的风姿。若要取名，应叫"东坡瘦"！

　　花期将过，紫鸢尾不得不黔驴技穷，可终究往事太过盛大，即便只剩空旷，也有苍苍茫茫之气。于是，给它一穗雀麦来颔首，盛在粗泥之中。

　　在园中见过这样的一幕：琼树被拦腰伐断，袒露的横切面粗犷、苍凉，几束细枝却拔地而生。于是，便要在白瓷中还原：生命，可以有挫折，但不应屈服。

　　麦蓝菜常被误识为满天星，这种一开就是千言万语的花，极难让人拎出一句重点。于是两叶皱叶椒草就有了可读性，再让它们"写"上锈罐，恣意与披靡便被勾兑成恬淡与平和。

　　紧着朴素的审美和郑重的心思，把寻常草木照搬在花器之中，不想，却成为案头最经读的句子。离开母体的草木依旧自力更生，直至"江郎才尽"。事实上，从陌生到熟稔，时间把人和万物都宠得霸道，荣枯之交，已然把曾经盛大的铺垫作了定格。我的案头，就曾收留过这样一枝山茶花：开过盛放，却依旧泊在枝头，成了一团悠悠的红褐岁月。

生命，无关荣枯；美，也无关新旧。草木如是，器物如是。

庄子说，乘物以游心。这一乘，是身在物外，是不以物喜不以己悲，如是，方可达到游心。不以物喜，不是拒绝所有美好事物的小确幸，而是不把欢喜一一物化；不以己悲，也不是忽略所有内心的涟漪，而是不把一切的情绪一一己化。器物，不过是径，终归还是要落实在心。

有人说，器，若失去了使用价值，便也就失去了美。器，美在其形，但终需功在其用。器之道，不在求其形，而在尽其用，这用，也不是拘泥固有程式，却当是对生活态度的承载。器之妙，不在华丽之形，也不在连城之价，而在于，通过它采收了多少清欢与美好。

捡来几枝秋日落木，放在书架，便添了老树枯藤与西风瘦马的季节感。美，取决于我们的欣赏力，但归根结底取决于我们心中的世界。

器与物，在用，更在俭。

在呼唤更迭的当下，当置换与丢弃越来越迅速，器与物也常常带着记忆早早被闲置、被替代。如今当我们对着岁月呐喊，却再也听不见器与物的回应。老友不遗余力地倡导家居物尽其用，用他的话说是：物需尽其用，还要发挥其最大效用。

采了藏苞带花的苦苣菜，披来一身的乡野气息，再佐两截榆枝，插于小巧的陈年瓦罐。没有谁在刻意仗势，也没有谁在刻意呼应，各有分寸。选器与色彩配搭皆不曾深用匠心，只是回到自然而已。

物用，终究不过是"物有悦人之美，人有惜物之心"。人与物皆有分寸，物尽用力，人尽惜力。

初 之 美

◎李 娟

初，始也。裁者衣之始也。这是《说文解字》中的解释。

春光旖旎的清晨，金丝线似的阳光透过雕花的窗棂，洒在开满花朵的丝绸上，一位绮年玉貌的女子正拿起剪刀裁剪丝绸，只听见一声裂帛声响。那一刻，令我想起白居易的《琵琶行》："曲终收拨当心画，四弦一声如裂帛。"

初，原来是一位美丽的女子用剪刀裁剪衣裳，那么优雅与静美。

翻阅丰子恺先生的画《生机》，一棵小草从破旧墙壁的缝隙里冒出头来，初生的小草刚刚长出两个嫩芽，翠色欲滴，生机勃勃，令人心生欢喜。

读木心先生的书，有一段话："风雪夜，听我说书者五六人；阴雨，七八人；风和日丽，十人。我读，众人听，都高兴，别无他想。"这是木心先生在纽约讲学时的画面。真喜欢这几个字：别无他想。这是他讲学时的初心，那么纯净、简单、心无杂念，木心五年的讲学，是一场文学的远征，更是为了传播智慧与艺术之美。

艺术是最美的梦，艺术和爱情在本质上大概是一样的，都是无中生有，虚无缥缈；都是当空皓月，枝上花开。可是，依然带给我们灵魂的愉悦和宁静。

读木心就想起孔子在《论语·先进》中，他与众位弟子谈及志向时，弟子曾点说他的志向是："暮春者，春服既成，冠者五六人，童子六七人，浴乎沂，风乎舞雩，咏而归。"孔子喟然叹曰："吾与点也。"

世间美好相遇，皆在如初见之时。年少时读《红楼梦》，读到宝黛初相见，有动人心魄的美。一个是阆苑仙葩，一个是美玉无瑕。那一刻初相遇，原来是溪水映桃花。那一刻初相遇，是既见君子，云胡不喜。人生若只如初见，就是生命春天的"惊蛰"，惊醒一对沉睡的心灵。

初春新韭，是世间美味。我童年时和祖母住乡下，春日的午后，风吹在脸上像羽毛扫着，舒服极了。祖母一手牵着我，一手挽着竹篮，我们走在田埂上，要去菜园子里割韭菜。嫩绿的韭菜油亮亮的，像女子的一缕秀发。祖母的竹篮里泊着一片白玉般的瓷片。我歪着头问："奶奶，这个碎瓷片是干啥用呢？"奶奶说："韭菜不能用刀割，要用碎瓷片割，用刀割的韭菜有了铁腥气，就不香了。"用瓷片割韭菜，该是乡间的一种美学吧。

我蹲在田埂上拔几朵黄灿灿的迎春花，祖母就割好了一大把鲜嫩的韭菜。"奶奶，割韭菜准备做啥好吃的呢？"奶奶说："就你嘴馋，晌午给你摊鸡蛋韭菜盒子。"我听着，口水忍不住流了出来。

清晨，去早市上转悠，我蹲在一位老人的担子前，选了一把鲜嫩的韭菜。中午给家人做了韭菜鸡蛋盒子，儿子咬了一口，一双眼眸笑成两弯月牙，他夸赞道："妈妈，真香啊，好像春天的味道！"

　　春初早韭，秋末晚菘，都是人间至味。那是祖母留下的滋味，是我生命之初品尝到的最美味道，更是思念的味道。

　　早春时节，柳叶初生，樱花初盛，天地万物都在悄悄萌发。我总想起这个"初"字。

　　初心不舍，天地皆有大美。

人生的三次成长

◎张燕峰

　　作家周国平说，人生有三次成长：当你发现自己不再是世界的中心的时候，当你竭尽全力但仍然无能为力的时候，当你发现自己平凡并接受自己平凡的时候。

　　是的。人生的这三次成长都伴随着巨大的心理反差和情感激荡，在经历了巨大的失落和痛苦之后，一个人才会变得坚韧坚强，心智才会更成熟，才能正确认识自己和世界，生命才会获得成长。

　　当你发现自己不再是世界的中心，别人也不再对你众星捧月宠溺有加，你已远离光环，你已变成千万颗星星中最寻常的一个，不，甚至比其他人更黯淡的时候，你一定会陷入巨大的黑洞之中。这时沮丧和失落像蚕茧一样将你层层包裹，痛苦如同千万只蚂蚁在日夜啮噬着你的心，你会如笼中困兽，不停地四处冲撞，却找不到出路。

　　但生活的车轮一直滚滚向前，不会为谁停留。你如果任由痛苦泛滥，那只能被生活的巨轮碾成齑粉，或者被生活无情地抛弃。所以，为了拯救自己，你必须战胜痛苦，忘记它，漠视它，把它尘封在岁月深处或者隐藏在心灵深处的某个角落，然后凛凛然站立起来，整理好衣衫，微笑着重新上路。当你决定重新出发的时候，你已浴火重生，破茧成蝶。

有时你拼尽洪荒之力，可仍然无能为力，这样的结果你不想接受，但不得不接受。是的，又能有什么办法呢？愤懑？绝望？很少有人会在意你的感受，在乎你的失败，大家都在匆忙赶路。但是，又怎样让自己的心平静下来，让自己的气平顺起来呢？

这期间又得经过一次漫长的锥心刺骨的艰难跋涉。虽然你日日辗转，夜夜无眠，但这一次又一次、千万遍痛苦的咀嚼终会使你渐渐明白：这个世界上，你只是一粒渺小的尘埃，实在微不足道。当你悟到这一点时，才能有勇气面对并接受自己的不完美和无力感，才能走出泥泞，走出自我。

人最难做到的就是客观而清醒地认识自己。一旦你发现自己平凡并能接受平凡的自己，你就达成了与世界的和解，也实现了与自己的握手言和。这个世界上，比你优秀的人永远存在，虽然这会令你很难堪、很失望、很垂头丧气，但是你永远无法遮盖或磨灭别人的光芒。很快你也能发现，这个世界上不如你的人也大有人在，这令你精神一振。

这几番沉浮能教会你坦然面对平凡的自己，既不妄自尊大，也不妄自菲薄。之后，无论在怎样的境遇里，你都能放低自己放平心态，快乐踏实地生活。顺境里，你不会自我膨胀，忘乎所以；逆境里，你也能坦然面对，豁达从容。同时，你更懂得感恩，更学会了珍惜。这时，你的生命才完成了蜕变，获得了真正意义上的成长。

我们每个来到这个世界上的人，都是肩负着使命的，是为了丰富这个世界，让这个世界变得更美好。当你意识到这一点，你就会发现人生的成长远不止这三次，而是时时处处皆是让我们成长成熟的机会。

人如秋水玉为神

◎耿艳菊

　　一说到秋水，自然就想到了眼睛。盈盈眼波，清澈明亮。所谓伊人，在水一方。秋水伊人，让人辗转反侧的美在于清静婉然的姿态，宁而寂却不孤。

　　秋水是秋天里最宁静、最不慌不忙的。静水流深，一定是秋水的通透和静谧。小阳春天气，秋日最好的一段小时光，一定要邂逅一湖秋水才不算辜负良辰美景。

　　秋天的早晨是凉意沁沁的，一起来忙着打扫庭院，人间烟火，无暇顾及生活之外的趣味。无闲心无闲情去拜访清晨的秋水，而没有了叨扰，秋水更是清静悠然的。

　　如果你此时肯放下身外身，世外世，到清晨的湖边，或者河边，哪怕是公园里的池塘边走走，你就会轻轻松松收获一篮子幸福的蜜果。你脚步轻盈，思绪清醒，满心秋水的宁和静，你还会动辄生气吗？也许你这一天都会有好心情。

　　阳光自由散漫地洒在午后的秋水上，柔和的光芒，静谧的水面，蕴藏着人世的岁月静好。

　　这时候常常是在某个景点游玩，忽然就遇上了一片波光闪闪的水域，惊喜也似阳光，呼啦啦抖落一天地。坐下来，一边看阳光下的秋水，一边欢喜地感受此刻天地俱静又游人如织的热闹，这世上再没有如此温软顺心的美事，只想一直是此时此刻。

"落霞与孤鹜齐飞，秋水共长天一色。"傍晚的秋水是另一番况味，有"大漠孤烟直，长河落日圆"的大气辽阔。正如一个人的一生，越走越远，越走越宽阔，从小我走向大我。光阴愈深，看世事愈清透明亮。

张大千有一幅《秋山秋水》图，是他少有的粗笔纵涂横抹的山水作品，秋日寂寥，却悠然自得。树木和山头皆以浓墨重点随意出之，秋水宁静而致远。题为：秋山在望，秋水无边。扁舟载酒，寻我诗仙。

秋水无边，宁静方致远。落款的末句"扁舟载酒，寻我诗仙"最妙，点睛之笔，洒脱恣意，心中盛着美好而遇见美好，这本是人生就该有的样子。

波兰诗人切·米沃什有一首叫《礼物》的小诗，诗这样写道：

> 如此幸福的一天。
> 雾早早散了，我漫步花园。
> 蜂鸟歇息在忍冬花。
> 在这个尘世，我已一无所求。
> 我知道没有一个人值得我嫉妒。
> 我遭受过的一切邪恶，我都已忘记。
> 想到我曾经是这同一个人并不使我难堪。

在我体内，我没有感到痛苦。

当我直起身来，看见蔚蓝的大海和叶叶船帆。

喜欢了它很多年之后的一个秋日里，我才发现这首《礼物》其实是一湖明澈的秋水，在时光里沉寂又明媚，照亮心意相通的人的眼前路。

品若梅花香在骨，人如秋水玉为神。最近看梁实秋的《雅舍小品》，觉得他亦是担当得起这样的气度的。开篇《雅舍》翻来覆去读，滋味绵长，梁实秋的风格气质都在其中了。

"雅舍"是他在四川的居所，初来时仅求其能蔽风雨，而现实是"有窗而无玻璃，风来则洞若凉亭；有瓦而空隙不少，雨来则渗如滴漏"。但他并没有怨天尤人，而是安之若素，以平静的心态、风趣的眼光去发现这居所的个性，他说："有个性就可爱。"

所谓个性，不过是换个角度，从缺陷里发现美。如篱墙不固，门窗不严，与邻人可互通声息破岑寂；地势较高，却得月较先；陈设简朴，毫无新奇，但一物一事安排布置俱不从俗。

后人评价他的文章说："没有生之无聊死之激烈的大悲大喜，而是在朴实简洁的文字中透出高雅、平和，以及一种积极温暖的情味。"

秋水无痕。风浪过去，秋水还是保持着简单的静谧，直起身，看到的不是一地狼藉，而是大海和船帆。

一只看花的羊

◎曹春雷

　　旧课本中有这么一篇课文，只有四句话："三只牛吃草，一只羊也吃草。一只羊不吃草，它看着花。"

　　很有画面感。草地青翠，繁花点点。三只牛和一只羊都低着头，一刻不停地吃草。草那么茂盛，对它们来说，是一场舌尖的盛宴，怎么会顾得上抬头呢？但另一只羊却不，它仰着头，在看花。

　　这是一只特立独行的羊。

　　别的牛羊在喂养脑袋，而它，却在喂养眼睛，滋润心灵，宁可瘪了肚子，也要抬头看花。要知道，它抬头看花的那一刻，比别的牛羊少吃了多少口哇！要知道，回到羊圈后，就没草可吃了呀！

　　但它不管这些，依然抬头看花。众牛羊之中，它把自己与别的牛羊鲜明地区分开来。这是一只有境界的羊，一只追求更高生活层次的羊。别的牛羊在乎的，是物质；而它在乎的，是精神。

　　喧嚣人世中，也有这样的"羊"。当众人将目光聚焦在名利上，他却视若浮云，他看重的是名利以外的东西。这种东西，与物质无关，与美好有关。

　　譬如说收藏家马未都。他二十来岁时，在航天工业部下属的一个厂当工人。有一年工厂为了打破大锅饭，把奖金分为一二三等：一等八元，二等七元，三等六元。就因为这一元钱的差别，当时车间停工讨论。

会场里，众声喧哗，谁也不想要三等奖，只有马未都坐在一角，沉默不语。烟雾缭绕，会议注定是一场马拉松。马未都突然站起来说："我要三等奖，但得让我退席。"在大家惊愕的目光中，马未都一脸笑容，离开了会议室。他直接去了图书馆，在那里整整看了两天书。

多少年后，马未都这样回忆："那时候我想得特通，用一块钱买两天快乐，很值。"

这样的人，自有一套关于失与得，价值和快乐的换算公式。

这是人生的大智慧。

有的人低到尘埃里，也努力抬头看"花"。现实对这个人来说，也许很骨感，但他的理想始终很丰满。即使沉重的生活把他压到尘埃里，他也会昂起头，寻觅出一丝人生的光亮来。

我有位文友，在一个城市的建筑工地打工，每天灰头土脸。但只要这个城市的剧场一举办他喜欢的交响音乐会，他必定在那天洗澡，然后穿上一身板板正正的衣服，花一笔不菲的钱，去听。

他喂耳朵，养心灵。

这样的人，无论身处何种境遇，都会保持内心明亮，灵魂闪光。

与世界相拥

◎鲁先圣

人生最大的悲哀，莫过于发现自己的生命竟然毫无意义，每一天都在毫无价值地重复昨天的自己。

而更大的悲哀还在于，你发现原来不屑一顾的同伴，还有被你轻易就击败的对手，却都紧紧握着自己命运的纤绳，早已经闯荡出一片灿烂的世界。

生活中有一个神奇的现象：你生命中遇见的每一个人，其实你将来必定都会重逢。因此，一个智者，把每一个生命中的遇见，都看作是世界给自己的暗示，加倍地珍惜。但是，有的人却相反，要么轻易地错过，要么熟视无睹。

无论是对这个世界充满火一样的热情，还是对生活万念俱灰，其实都是人生的真实。你喜欢，世界依然；你愤恨，世界也依然。更进一步说，你活在世上，或者你决绝地离开世界，世界依然如故。

我们看到很多那些本来已经取得很大成就的人，因为自己的固执己见，因为自己以为高洁得不同流合污，采取极端的方式愤然离世。人们议论了几天，有不平、有惋惜，但是，过不了多久，他周围的世界就恢复了本来的按部就班。

所以，不要把自己看得那么重要，对于世界来说，谁都微不足道。

太阳每一天都会走进暮色，但是，又一定会在第二天从朝霞中升起！

我常常为太阳的伟大而震撼不已，它可以照亮整个天空大地，让光芒洒满山川万物，让整个世界生机盎然；但是，它又可以委身于一泓清泉，一棵小草，钻进一颗小小的露珠。

我也常常感动于月亮的宁静和明媚，它安静地把清辉洒满大地，为世界带来无边的浪漫和柔情，但是，它又像一个待嫁的女子，那样安静，那样不争。

不论错过了什么，都不应该哭泣。因为，错过了太阳，还有繁星。

大地无言，世界寂静无语，但是，当我们静下来，我们就能够从这寂静中，聆听到巨人的足音。

生活在一刻不停地前行。最重要的，是不要让自己成为世界的一个过客，而是融入其中。

一个人，越接近崇高，越是谦卑、含蓄、虚怀若谷。

秋天的黄叶，飘飘洒洒地落入大地的怀抱，它完成了自己一个季节的壮丽。如果，我们每一个人，都能够坚信自己的生命是世界的一个奇迹，那么我们就一定会成为世界的一处风景。

很多人抱怨世界缺乏公正，抱怨生活欺骗了自己。其实，是他自己把世界看错了，自己被眼前的私利遮蔽了眼睛。世界没有变，浩浩荡荡，一往无前。

世界没有什么不可能，只有目光短浅者的浅尝辄止，只有弱者的无能为力。

人最可怕的是为自己建立起密不透风的墙堤，其实这是把自己与世界隔离开来，是为自己筑了一个坚固的囚笼，把自己囚禁起来。

胸怀坦荡，敞开心扉，世界自会扑面而来。

把悲伤当成诗

◎若　蝶

一日闲读，被黄永玉笔下的荷花打动，和大多数中国画中柔美纯净的荷花有别，黄永玉先生的荷花有着别具一格的况味。浓墨重彩的背景下，一朵或数朵红的、粉的、白的荷，张狂而桀骜地开。一瓣瓣荷叶倒像是战士手中的刀剑，有着美人如玉剑如虹的气势。

再读黄永玉的生平故事，同样为这位风趣睿智的老人所打动。他给人的印象永远是嘻哈、游戏，不管是言谈还是举止，总是我行我素，放荡不羁，似乎永远没有悲伤的时候。事实上黄永玉的一生漂泊动荡，横遭劫难。

当时他们一家住在一间狭小昏暗的小房子中，妻子的身体状况不容乐观。为了改善环境，他便在墙上画了一个大窗子，两米多宽，窗外盛开野花，阳光灿烂。

说得多好哇，把悲伤当成诗，他的一生波涛汹涌，最后都汇成了静静的河流，他在悲伤里静如处子，默默等待着时间将自己带向下一个出口。

那个初夏的午后，我住的病房走进一位二十多岁的姑娘，是新来住院的病人，面色苍白，身影纤细。在将行李安置好后，她打开带来的一只塑料袋，一阵馥郁的清香扩散开来，是栀子花的香气。姑娘抬起雪白的手臂，轻轻地将栀子花一朵朵摆在窗台上，这样每一阵风过，香气都会飘进病房。

那几天我常常对着窗台上盛开的一朵朵洁白的栀子花出神，那朵朵素白和丝丝甜香淡化了我的忧伤。

姑娘的病情很不乐观，甚至随时有生命危险，在这般如花的年纪里却横遭霜刀雨剑，心中岂能没有悲伤？可是当悲伤已无法幸免，唯一明智的做法就是不耽于悲伤。在医院的病房里，姑娘依然能优雅地把一朵朵栀子花摆在窗台上，那是在用潜藏在心头的悲伤写着一行行诗呀！

我所喜欢的音乐和艺术作品，几乎都是略带悲伤的，而悲伤能呈现出动人的诗意光泽，从而洞穿人的心灵世界。诗人席慕蓉也曾说艺术品"是一件流着泪记下的微笑／或者／是一件／含笑记下的悲伤"。艺术品正是对悲伤的一种诗性表达。

古代文人墨客最懂得将悲伤当作诗，"无言独上西楼，月如钩。寂寞梧桐深院锁清秋""泪眼问花花不语，乱红飞过秋千去"。这满腹的心事和无常的人生，在古人的笔下化作了清丽的诗句，如一只只破茧而出的蝴蝶，翩翩在光阴的田园里。

寂冷的冬天是苍凉而忧伤的，然而大自然也知道要把悲伤当成诗，于是纷纷扬扬的雪轻盈而下，冬天便有了诗意。当生命的冬天来临时，扬起心灵的雪吧，且用漫天的诗意去覆盖深深浅浅的悲伤。

独　坐

◎崔修建

　　像一闲云一野鹤，又像一棵离群索居的老树，独坐，随意而散淡，有些慵懒，有些诗意。

　　独坐，是一个人的静默，也是一个人的忙碌。两个人，可以窃窃私语；三个人，可以大声争论；一群人，则可以推杯换盏地喧嚷。

　　喜欢独坐江畔的垂钓人，一张折叠凳，一把钓竿，就能将一大把的光阴，许给那条知名或无名的河。天地阔大，云自舒卷，风自吹拂，久久独坐的钓者如此亲近红尘，又如此疏离市声，有期待、有遐思、有惊喜、有失落，粼粼波光，漾着时光流转的身影，明晰或暗淡，如一幅不加修饰的水墨画，在意境深远的唐诗里，也在寻常的山野间。

　　犹记得童年时，乡村的深秋时节，田里的庄稼都颗粒归仓了，繁华褪尽的田埂，一片寂然，只有些许青黄参半的衰草，在愈来愈凉的秋风里无力地摇摆着。这时，劳碌了一年的父亲会走出村子，顺着曲曲弯弯的山道，很悠闲地踱着，不知不觉地就踱到了自家的农田里。他站在收割后的田埂上，仰首晴空，望那没有远去的归鸿，他那无人知晓的心事，也许有一朵随遇而安的白云能读懂，也许有一只结束了觅食的麻雀能读懂，也许谁也不懂，连同他自己。

蓦然，父亲索性坐了下来，就像坐在家里的炕沿上，很随意，很自如地坐到有些松软的田埂上，将远眺的目光收回来，投向那些大块的土坷垃，投向那几只似乎永远不知疲倦的蚂蚁，投向一截被遗落的玉米秆……看着那些熟悉的物什，有一种日子踏实的感觉，有一种命运在握的自信。

看着看着，他竟有了莫名的陶醉，干脆微眯双眼，嗅着泥土淡到极点的味道，听不慌不忙的赶路的风，听不远不近的鸟鸣，听胸腔里滚过的生命感喟，脸上一览无余的，是他满怀的知足与感恩。

宛若一种习惯，多年以后，父亲仍然喜欢一个人独坐在秋天的田野，仿佛那是生命中必须要坚守的一种礼仪，倘若不那样，反倒是没有道理了。

曾去拜访一位下肢截瘫的诗人。他住在一个老旧的小区里，20世纪80年代的一栋没有电梯的老楼七楼的一间小屋中。他家里床头上、书桌上、地上都堆放着各类书籍和报刊，是零乱不羁的风格。那会儿，他正独坐在一张油漆斑驳的木桌前，窗台上是绿色撩眼的吊藤和水仙。

他说自己不方便下楼，看书、写作累了，就一个人独坐窗前，静静地欣赏小区外那条红尘滚滚的马路上，每天都在上演的车水马龙。它喧嚣鼎沸，杂乱而鲜活，琐屑而形象。一眼望去，生活的苦辣酸甜，俯拾皆是。

我惊讶他足不出户，却能将种种市相描摹得惟妙惟肖，他只是淡然一语——"那是我有大把的时间，可以独坐窗前观察、感受，更可以让思绪自由飘荡，心游万仞。"

原来，独坐亦可以有如此美妙的收获，我不禁要为不幸的他点赞了。

独坐，与孤独无关，与寂寞无关，许是某种心境使然，许是某种情势使然，许是说不出什么具体的缘由，就那么自然而然地选择了，像恋爱的萌发与成长一样，没有道理可讲，也讲不出什么道理。

喜欢独坐时那份忘我的静谧，亦喜欢独坐时那份情不自禁的热烈。独坐的人，都是一道风景，有自己的色彩，有自己的声响，也有自己的主题。

一文既成，我愿意独坐电脑前，与那些凝了情思的文字，相对无言，如熟稔的老朋友。

在自己的城市里旅行

◎积雪草

对于很多人来说，"远方"是颇具诱惑的两个字，远方有诗、有风景、有不一样的情趣，因此被很多人赋予了无限的想象和浪漫的延伸。

去远方，是很多人心中的梦想，走得越远越好，可以此逃离日复一日单调重复的生活，以此逃离柴米油盐的羁绊，获得不一样的体验和感受。

都说熟悉的地方没有风景，见惯了的山水、过惯了的生活，即使闭着眼睛摸索，也知道哪里是哪里。

有一年，和大眼镜先生一起去张家界旅游，满眼的青山秀水，层峦叠嶂、云雾缭绕，大自然的鬼斧神工让人感叹不已。我跟民宿的小老板说："这里太美了，简直是神仙住的地儿，都不想走了。"那个小老板却头都没抬，数着手里的钞票，波澜不惊地说："有那么好吗？在这里住上一段时间就不觉得了！"

我无语。很多人都是这样的心态吧！所谓熟视无睹，就是住久了，看惯了，心钝了。其实熟悉的地方也有风景，不能因为身在其中就不知其美。

其实有很多人喜欢在自己熟悉的地方旅行，一年一年，一遍一遍，不断重复自己，走一走，看一看，散散心。那些熟悉的风景，经年累月之后，都长在了身体里，成为不可分割的一部分。

我喜欢在自己居住的这个城市旅行散心，到处溜达。闲暇之时，换上休闲装，穿上运动鞋，背上包，拿上水，一步一步丈量那些熟悉的风景，或者找一间喜欢的民宿住上几天，每一次都会有不一样的感受和惊喜。

每年我都会不定期去滨海路徒步，尽管这条路我已不知走过多少遍，但每一次都兴致盎然，仿佛和老朋友约会一般。滨海路的风光四季不同，大海的颜色也会随着四季的变换而变换，蓝天、碧海、礁石、渔船，美得惊心动魄。潮水退去之后，我会在沙滩上堆沙堡，翻石板捉小螃蟹，在礁石上刨牡蛎，或者学渔翁钓鱼，洗海澡戏水，一直玩到星光跌落进海里，才恋恋不舍地回家。

海岸线上的树也是独特的风景：春天抽芽，生机勃勃；夏天滴绿，欣欣向荣；秋天泛黄，霜叶灿烂；冬天光秃，封藏以待。季节不同，那些树会不停地变换姿态，走在树下的心情也不尽相同。而且经常会在北大桥或燕窝岭看到拍婚纱照的新人，时尚美丽，如画一般，令人心情愉悦。

很多人都在一个城市住了很久很久，却也未必熟悉这个城市的每一个角落。像机场、车站、码头、地铁、博物馆、图书馆、商店、超市、植物园，甚至是犄角旮旯里的小馆子，等等，哪一处不是风景？哪一处不是人文底蕴丰厚？这些地方你有没有其中一两个，或几个，很多年都没有去过一次呢？

贪恋远方是心的钝感在作怪，因为人需要新鲜，需要刺激才能激活心灵。不妨学会感知和欣赏熟悉的风景吧，没事儿去郊区亲近花草植物，感受田野的轻风拂面，顺道再去爬爬山，把日子过得有滋有味。

"一去二三里，烟村四五家"，最让人着迷的是那些庄稼和果树：玉米从青青小苗节节拔高，抽穗落缨；稻米从青青小苗到稻花清香，长出沉甸甸的稻穗；路边的苹果树从一嘟噜一串儿的小花儿，结成红彤彤的大苹果，果香四溢。虫鸣、蝶飞、蜂舞，用心去感受四季的变换，感恩自然的恩赐吧。

每一个城市都有自己独特的人文风情，在自己的城市里，走一走古街，串一串古巷，用心体会一下市井生活的风情画卷，听一听那些上了年纪的人讲古喻今，这何尝不是一种闲散松弛的自在生活？在自己居住的城市里走一走，逛一逛，省去了漫长旅途的颠沛流离、拥挤之苦、颠簸之劳。敞开心情，卸掉面具，即可融入城市生活的洪荒。

城市微旅行，在自己居住的城市里，也可体会到不一样的心情。不妨找一处近景，放松、疗伤，享受生活的悠闲与惬意。

心中的诗和远方

◎张培胜

"生活不止眼前的苟且，还有诗和远方的田野"唤起了许多人内心的躁动，感叹生活太苦，感慨人生不济，于是，许多人行动起来，放下手中的活，丢下生活的烦，轻松走进"诗"的殿堂，亲吻"远方"的甜蜜。一些人潇洒地走了，来了个说走就走的旅行，来了个说不干就不干的表演；个别留下个"美好"的请假条，什么"世界那么大，我想去看看""做一回真正的自己"，等等。

人生过得潇洒自由是件好事，连李白也说"人生得意须尽欢"，能够走向向往已久的诗和远方，当然是一大幸事。只是，走得如此匆忙，走得如此不留情面，就怕忘记带上路线图，就怕没有留下回时的返程票。

生活的诗意，向往的远方，不会凭空而来，而是来自深沉的人生体味和细细的劳作过程，单纯地想"诗"想"远方"，那也只是童话故事，不切实际，遥不可及。即或是实现了，也会产生"过敏"现象，如此一来，就算走到了"远方"，享受了"诗"一般的生活，又有什么意思？所以说，每个人的诗和远方是不同的，也是不可复制的，需要一颗真诚和执着的心来求得，它不会从天上自己掉下来，不会不切实际，只会从脚踏实地的生活中来，只会从热爱生活的细节中来。如此，在平凡工作中向往一份快乐，在平静的生活中渴望远方的美景，种种体味，便是诗和远方的注释，更是诗和远方的细化。这种接地气的诗，这种真实可行的远方，带着厚重的泥土气息，包含个人真切的人生体会和情感，实现起来自然有着人性的美，可以令人信服，也让自己觉得过得真切。

向往归向往，不平的生活道路，不顺的人生境遇，都会给一个人的诗和远方设置许多障碍，你想超越，真有些难。但只要你心中的渴望不变，脚下向上的精神不变，纵然没有成行，那也没什么遗憾的。毕竟，诗在那里，远方在那里，向往过，努力过，奋斗过，一切便都是生活最好的安排。即便就只能"苟且"，纵然不能成行，纵然只是梦中相逢，美好的心境，也会飘荡成幸福的海。

有些人不顾眼前的实际，放下自己认为的"苟且"去寻找诗和远方，却没有领会诗的能力，没有到达远方的条件。此时再潇洒的动作，再爽快的态度，也终究只会被丢失在"远方"的路上，终究只会在追"诗"的途中一败涂地，就算到了"诗"的境界，到了"远方"，也会失望而归。更怕的是，享受了一番，却没了奋斗的底气，遗失了生存的底线，到头来一无所有不说，生存还会进入瓶颈期，那就得不偿失了。

其实，向往诗和远方没错，苟且于眼前的生活也没错，但要结合个人情况。一个人也能在平淡的生活中，在简单的日子里，感受到诗和远方，体味到生活的快乐、人生的安享。这样的人，才是真正有了诗和远方，这样的"苟且"生活，我们有，只是我们没有这种境界，没有达到这种智慧。

对大多数人而言，诗和远方只是美好的愿望，只是向往的目标。既然如此，我们就做一个生活的体验者吧，就在自己奋斗的地方，向着目标进发，一路上的一草一木、一花一景，都细细体味，以好奇如孩童般的心性、以细腻如情感般的态度、以包容如水般的情怀，去看去体会生活中随时会出现的"诱惑"。

一束鲜花，可见春天的妩媚；一片绿叶，可见夏天的繁绿；一片枯草，可见秋天的萧瑟；一片飞雪，可见冬天的浪漫。多彩的四季，用心去感受、用细胞去体会，本就是色香味俱全的生活，自然会有诗和远方。

"寻欢作乐"

◎蒋骁飞

　　他身着一套几十美元的西服，脖子上经常围着一条从街边小摊上买来的朴素的棉围巾；他没有私家车，外出基本靠公共交通工具……对于这样一个人，你一定认为他是生活在社会底层的弱势群体中的一员。然而一切大大出乎你的预料，他是美国的顶级富豪之一。他极其热衷于做慈善，已经悄无声息地捐掉了几百亿美元。他行事极其低调，几十年来隐姓埋名地做慈善，直到今天提到他的名字"查克·费尼"，几乎无人能识。

　　有一次，有人指着查克·费尼手腕上的手表调侃说："先生，十几美元的手表是不是让你感觉手腕更轻松？"查克·费尼淡淡一笑，说："不仅仅如此！它跟你手腕上的劳力士一样准时！"查克在七十五岁之前坐飞机出行，从不坐头等舱，只是后来膝盖老化才改坐头等舱。他曾说过一句响彻美国慈善界的名言："头等舱不会让我先到达目的地。"

　　查克·费尼对饮食更是奉行"极简主义"。在一次盛大的商业宴会上，他只点了一块粗面包、一个煮鸡蛋、一小杯牛奶及几片蔬菜，一再拒绝服务生给他推荐的松茸、鲍鱼、龙虾之类的山珍海味。热心的服务生急了，大声说："先生，您的食物价值不足二十美元，而我们给每一位客人预备的标准是五百美元！"查克·费尼指着自己餐盘中的食物，笑道："我可以一顿吃掉几百美金，但二十美元的饭菜足以为我提供所有的营养了，而且让我相当满意……"

一位媒体记者曾问查克·费尼："每个人都渴望寻欢作乐，难道就你例外吗？""不，我每天也在'寻欢作乐'！"查克答道，"当我在帮助别人的时候就很开心，不帮助人的时候就不开心……我的'寻欢作乐'就是把钱撒在最需要它的人那里！"记者追问："为何在世时就非要将自己的财富捐得一干二净？"查克笑答："上帝那里没有银行，裹尸布上也没有口袋！每个人都是赤裸裸地诞生，最后又赤裸裸而去，没有人能带走自己一生苦苦经营的财富与盛名……"

遇见是一种情怀

◎田治江

　　有人说遇见是一种缘分。其实，遇见更是一种情怀。

　　不知道什么时候，就喜欢上了一些写小人物、平凡事的文章。因为那些稿件里讲述的遇见，尽管都是一些芸芸众生，微小但却生动，卑微但却有骨气，都是作者无意之中遇见的，里面却充满了人间情怀，充满了人间的真情和大爱。读起来让人觉得既真实可靠，又合乎情理。好像那些人、那些事早早就在那里等着你一样，等你去遇见、去发现、去感知。

　　其实，这个世界上，遇见是随处可见的。就拿一个人来说，一生中每天要遇见多少人和事，那么试想一下，一个月，一年，一生之中同样要遇见多少人和事，但为什么一些遇见就那样匆匆地相遇，然后相忘，没有留下任何记忆的痕迹。相反，有些遇见尽管只是短短的一次相遇，却留下了一生都难以忘记的情怀，那不只是一种缘分，更重要的是一种情怀。正像诗人写的那样，没有迟一步，也没有早一步，就好像是那样在此静静地等着你一样。当然，遇见也是各种各样的，也会有不同的结果。

　　一些遇见只是为了遇见。你才会在遇见他或者她之后而没有相忘于江湖，相反，你走进了他或者她的心里，甚至是多了一两句的交流或者交谈，从此打开了一个人的内心和另一面，自然你就能更多地去了解一个人，知道他或者她身上所发生的别人不知道的经历和事，然后把它们分享给了更多的人，让更多的人去了解，去感知那一份理解和懂得的美好，这只是一种普通到不能再普通的遇见。

一些遇见就是遇见了另一个自己。你在千万人中遇见了他或者她，就好像是另一个自己一样，从此就成了心在心里，最懂得彼此的那一个人。而且有了这样的一个人，就会感到一座城市都有了意义，生活都相当美好，甚至充满了温暖。尽管每个人遇见这样的人是相当困难的，但总会有一些人会遇见这样的另一个自己。而这就不再是缘分了，而是一种情怀和感知，因为遇见另一个自己的概率实在是太小了。

一些遇见是一种回报和感知。比如你去办事，已是深冬了，却发现公路边上正在更换行道树，挖出来的树自然是不要了。你就多留意了一眼，发现有些树木带着根很好的，你就捡了一棵回来，剪去多余的枝条，找一个花盆栽了下去，因为你也不知道它能否成活。结果过了几天，你再去看时，才发现它早已发芽长出了新绿，结果在深冬里它还你一片新绿，尽管你不知道它的名字，但已经没必要了，有了那一片新绿就是一种回报和感知，比什么都好。

一些遇见就是一种伤害。你去乡下，在寒冬的路边站着等人，无聊中你发现路边的土墙上伸出一段树枝，不是很长，却也有形状。你伸手想把它拔出来，结果一用力，却拔出来了一段长度有二十多厘米的细根，你一看这么长的根带回去也没有办法盆栽，可你再也没办法把它再栽回去了，你正犹豫着怎么办时，你等的人来了，你只能无奈地把它扔在深冬的野地里了。你也知道你的这一扔，它也再无成活的可能，或者说在你扔的那一刻，你的心里就深深地痛了一下，可你没有办法，就只能把它扔在那里了。但你总是忘不了，是因为你的过错，让它失去了生命。尽管你到现在也不知道它是什么树种，叫什么名字。你后来一直在想，如果你当时把它带回来，把它过长的根剪掉，只留下少许的根是不是就可以栽活它，就能知道它是什么树了，也就不会让它这样死于非命了，因为草木也是有情怀的，人和草木也是一种遇见。

走向深处

◎李丹崖

　　亲近一片竹叶，可以有哪几种方法？

　　有人说，把竹叶摘下来，夹在课本中，当作书签使用，这样，竹香与书香相融，竹叶的脉络与文字相衬，格外好看；也有人说，把一枝嫩竹叶折下来，用清水洗净了，加水在锅里煮沸，一锅翡翠绿的竹叶茶，在盛夏里饮用，可以消暑；还有人说，亲近一片竹叶，不妨走进竹林深处，让满目的绿包围自己，让满园的竹香包裹自己，让脚下踩的落叶托举自己，人在竹叶间，瞬间也变得清雅脱俗了。

　　与以上答案相比，我更喜欢最后一种答案：让自己变成一只竹节虫，攀附在竹节上，蠕动在竹叶上，在竹子与竹子之间荡秋千，就连自己的体色也变成了竹叶一样的颜色，俨然一体。

　　是的，走向竹叶的深处，最精妙的选择就是与竹叶合二为一，你中有我，我中有你。

　　亲近一本书，又有哪些方法呢？

　　一目十行的速记，可以快节奏地速览一本书的概要；书读百遍、韦编三绝、爱不释手地反复吟诵，可以往复消化一本书的精神要义；边读边记的批注式学习，可以让我们更加系统地去学习一本书的综合内涵。

与以上选项相比，我反倒喜欢一位作家的回答，他说，要把自己设身处地变成故事中的人物，让人物秉性里的真善美来温暖自己，让人物身上所负载的假丑恶来警醒自己，把人物的成功途径嫁接到自己的生命中，最终，你读过的书，变成了你的骨头和肉。

是的，走向一本书的深处，你就变成了这本书所囊括的美好的全部。

走向深处，就是沉在生活的水层里，向着生活的深水区潜望；就是拥抱生活的太阳，也让阳光拥抱你；就是敞开胸怀面向未来，也让未来的风吹拂闪亮的睿智的眼眸！

第二部分

和对手做好邻居

跌倒了别急着爬起来

◎朱荣章

　　一个旅行者在行进的途中，突然改变了原来选定的路线，决定抄近道前往目的地。没想到，他在穿越那片很是平坦的草地近道时，没走几步就被什么东西猛地绊了一下，把他实实在在地摔了个嘴啃泥。这位旅行者是一个非常坚强的主儿，要不，他也不能独自旅行。对此，他也没太在意，摔倒了爬起来继续往前走，可没走几步，又结结实实地摔了个大跟头。他想，今天邪了门了，硬是被平平的草地绊倒。这次，他没着急爬起来，而是趴在那里抬起头来观察四周的情况。原来绊倒他的是一个草环，那是一种丛生的植物，用疯长、极柔韧的藤蔓编织了一个很隐蔽的草环，而且在他跌倒的周围生长着很多这样的草环，行人稍不留意就会被绊一个大跟头。待他站起来，将目光再往前一延伸，不由得大吃一惊——前方不远处，掩藏在繁花绿草间的，竟是一个可怕的沼泽地。于是，他小心翼翼地转到另一条安全的路上，他庆幸自己刚才跌的那俩跟头，更庆幸自己在第二次跌倒之后找到被绊倒的原因。屡站屡跌是小问题，但不察看清楚跌倒的原因而葬身于繁花绿草遮掩下的沼泽地就是大问题了。

　　走路是如此，人生岂不也是这样？假如仅仅把一次两次跌倒失败看作是人生道路上不可避免的事情，就有愚昧的味道了。知道怎么会跌倒失败，并能认真总结出教训的根本所在，那么，一两次跌倒还是非常有价值的。

其实，任何跌倒失败都有其原因，偶然因素也有它的道理，绝对不能因为偶然因素就小觑它的价值所在。纵观横看任何一个成功的轨迹，尤其是少有跌倒失败教训的成功人士，无一不是"跌倒了并不急于爬起来"的典范。现在有些朋友过于相信"在哪里跌倒就在哪里赶紧爬起来"的话，甚至受这句话的影响过深。不错，"在哪里跌倒，就在哪里赶紧爬起来"，是一句鼓舞失败者克服心理危机的重要的话，这与人们常说的"没事，时间还长着呢"的话，没啥两样。这里的根本问题，不是时间长短问题，而是克服危机，是他（她）自身有没有信心支撑的问题。"信心"从哪儿来？不是你一句鼓励的话就能真正起作用的，而是提醒他（她）应该观察，分析失败的原因，不然的话，与那位旅行者一样。第一次摔倒，没弄清原因，没走几步，又第二次摔倒。第二次摔倒把旅行者摔聪明了，他观察、分析了绊他的丛生的草环，并且他观察到了前方不远处的沼泽地——怪不得人们弃近道而绕行，实际上大有奥妙。

各行各业各自表现形式不同，其中哲理却大抵相同。

会找钻石的白蚁

◎ 胡喜荣

通过白蚁寻找钻石，您肯定会认为匪夷所思，不过，这的确是真的。

20世纪70年代，一位地质学家发现喀拉哈里沙漠的表层岩石中含有钛铁矿。这个消息以博茨瓦纳为圆心，向全世界辐射开来。许多地质学家赶往非洲，还有多家矿石公司闻讯而至。大家都知道，钛铁矿来自金伯利岩，而金伯利岩是金刚石的伴生岩，在广袤的沙漠底下，可能蕴藏着珍贵的金刚石。

沉寂的喀拉哈里沙漠一时间喧闹不已，到处都是忙着打勘测洞的身影，机器的轰鸣声响彻沙漠的上空。然而，人们很快就发现沙漠的表层由沙土和风化岩石构成，深达数十米，只有部分岩层裸露出来，若想穿过表层深入地表，探测出珍贵的矿石资源，工程量大，施工相当困难，付出的代价高昂。如何快速穿过风化表层，降低成本呢？大家都思考着、研究着。

正在大家一筹莫展之际，地质人员希尔工作时，无意中挖到了一个白蚁穴，密密麻麻的白蚁涌动着。他觉得白蚁竟然能够在沙漠生存，实在是太不可思议了。于是他观察起白蚁来，几分钟后，陆续有白蚁衔着湿润的泥土来修补蚁穴。湿润的泥土！这里可是干燥的沙漠，难道白蚁能穿过风化的表层，深入地表？他激动地想着。接下来，他开始研究起蚁穴来，他发现生活在喀拉哈里沙漠的白蚁，为了抵御炎热，会在地面上打造巨大蚁穴，以利于空气循环和降温。蚁穴遭到破坏时，白蚁群会尽快将其修复，以便躲避食肉动物的袭击，保护蚁群安全。为了找到修补蚁穴的湿润的泥土，白蚁会向地表以下挖掘三十米，甚至更深，以找到地下水源，再将找到的湿土或湿润的岩石含在口中，爬回家继续建造蚁穴，如此循环往复。希尔乐了，他想：白蚁带来了地下深层的土壤样本，那些湿润的岩石粒中也可能含有珍贵的矿石，研究这些土壤样本，不就可以揭开地底下的秘密了吗？

希尔于是每天忙着找蚁穴，研究白蚁穴的土壤样本。终于有一天，他推倒一个白蚁丘时，发现了雪白晶莹的金刚石小颗粒！他喜出望外，连忙告知同事，大家对二百平方千米范围内的白蚁丘进行了一次普查，发现很多白蚁丘中都有金刚石砂。

大家断定，这片沙漠地底下是金刚石矿床，挖掘结果也显示的确如此，这就是著名的朱瓦能大型金刚石矿床。

利用白蚁找矿的经验告诉我们，当我们陷入困境时，要学会另辟蹊径，留心观察生活，观察大自然，成功的道路或许就隐藏在蛛丝马迹中。

守脑如玉

◎ 韦荣驰

听过一个故事，有一个人去买苹果，尝过之后觉得口感沙，也不够甜，便和老板抱怨苹果不好吃。此时，同是买苹果的路人告诉他，口感沙、不够甜的苹果才是最有特色的，其他路人也纷纷如是附和。那个人有了疑惑：难道是自己的口味有问题？没多久，他也认为这样的苹果很好吃了，而事实上，苹果的味道自始至终没变过。分明感觉不好吃，为什么最后别人说好，自己也觉得好了呢？

生活中，我们经常遇到这样的情形，不单是买苹果，在判断事物好坏时也会这样。我们对事物的第一感觉，往往在经过一通众说纷纭后便被瓦解了，产生"其他人说得对""是不是我有问题"等想法，于是渐渐随着大流走，这就是我们所说的"从众心理"。

法国心理学家勒庞所著的大众心理研究经典《乌合之众》里指出，人在独处的时候，价值观、判断能力很难受到影响，但只要进入一个团体，他的信念就会在不知不觉间与团体同化，原有的价值观很容易被改变，20世纪末一场知名心理实验尤能说明这点。

在互联网发达的今天，我们受影响的程度和概率更是超乎想象，随手拿出的手机，里面的内容充满了无数种"团体"，无时无刻地挑战我们原有的信念。网络热词"带节奏"形容了这一点。"带节奏"是指原本中性无比的消息，在部分网友的刻意煽动下被带向了好或坏。也许现在翻开一条微博、朋友圈，我们的"节奏"不知不觉间就被带偏了。

当我们遇到选择困难时往往喜欢征求他人的意见，可他人的意见通常两边都有，任何一边看似都有道理。面对这样的困难时，我们很容易迷失自我，盲从他人，影响了自己的判断。这个时候，我们可以把自己想象成那些战场上的将军，向他们学习。

上战场的将军、统领出兵前会征求参谋官的意见，而参谋官的意见却林林总总，理也是面面俱到。而听到建议的将军都有一个特点，那就是不在参谋官面前表现出他的纠结、迷茫。将军会在听完参谋官的意见后独自一人思考一阵，消化所有参谋官的想法，多方权衡后，最终得出最佳解决方案。

战场将军的做法也是我们所要学习的，可以把人生当作战场，如果我们草草听信某个参谋官的意见，不假思考的话，最后的结果可能是一场灾难。人生路上，始终是参谋官多不胜数，而将军只有你一个，坚守自我，善于权衡，才能打胜仗。

信息时代，守脑如玉很困难，但如果做到，将是我们的优势。在世界都已经融为一个团体，其他人很难坚守自我的时候，如果我们能做到守脑如玉，又何尝不是有了一个巨大的优势？

"物尽其用"的生活蓝本

◎程应峰

　　约瑟夫有件旧外套，已经很破了，于是，约瑟夫把外套改成了夹克，而故事也由此开始。

　　破旧的用品，在约瑟夫的生活灵感和智慧引领下，总能够"绝处逢生"，花样翻新。外套变成了夹克，夹克改成了背心，背心变成了围巾，围巾裁成了领带，领带做成了手帕，手帕又变成了一个扣子。再然后，扣子不见了，于是，约瑟夫把这个故事变成了一本充满情趣和智慧的书：书中，他穿着新夹克去市场，穿着新背心在侄子的婚礼上跳舞，披着新围巾在男声合唱团里唱歌，打着新领带，去城里拜访妹妹一家人……

　　聪明的约瑟夫总以别出心裁的办法，让人眼前一亮。

　　随着衣服上的补洞越来越多，书页上也出现了越来越多的"洞"。只要你翻动一页，就会自然而然地意识到约瑟夫的外套又破了一个洞。作者在书中充满想象力的细节描绘，成就了这本叫人赞叹、令人称奇的绘本。

　　《约瑟夫有件旧外套》的封面上，是个头戴小圆帽，鼻梁上架着小眼镜，满脸胡子，肩膀上顶着一只大公鸡，手里拿着一把剪刀，身上穿着一件布满补丁的黄格子外套，看上去比较滑稽的老人。若不看书中内容，只看书名和封面，你能否想象出如上面那般令人称奇的故事情节？

约瑟夫变旧为新的能力和无中生有的创造力，总能给人带来意外的惊喜，令人叹服。约瑟夫对生活的热爱，可以倾注在一朵花上，可以倾注在一个未成熟的苹果上，也可以倾注在可爱的小动物身上……

他同时也是一个渴求知识的人，因而在凡俗的生活中，总能想到更多的让生活充满情趣的办法。

热爱生活，渴求知识，正是他具有永无穷尽的创造力的源泉——当最后扣子都没有了，他竟然写出了一本关于扣子来历的书。

这个故事源于聪慧的犹太人广为流传的民谣：你可以把"没有"变成"有"，不断创造出新的东西。这话简单直白，细细琢磨，却充满情趣，充满思辨意味。

绘本中，挂在墙上的画都是一些历史上有杰出成就的犹太人，还有一些深入人心的哲思慧语，如："外套旧的时候，只有上面的破洞是新的""就算补丁不好看，也比漂亮的破洞来得好""没有窗户的房子不能算房子，没有纽扣的外套不能算外套""一个人自己有的，偏不想要，想要的，却无法拥有"……

所有这些，都凝聚着作者的智慧，也蕴藉着深刻的寓意，让"无中生有"成为动态而智慧的生活场景，既清新机智，又微妙精深——简单的故事，素朴的情感，单纯而又坚定的信念。

变"无用"为"有用"，变"绝境"为"出路"，不断地创造出新的东西，是属于约瑟夫的智慧的、乐观的、创造性的生活，堪称"物尽其用"的生活蓝本。只是，这种物尽其用的思维方式，在现代社会的日常生活中，似乎离我们越来越远，越来越不多见了。

铅笔也可以种吗

◎尹成荣

    铅笔也可以像蔬菜或是庄稼那样种在土壤里吗？是的，完全可以。把这种特殊的铅笔种在土壤里，不但可以发芽，开出绚丽的花朵，还可以长出能吃的蔬菜呢。很神奇吧？是谁发明的这种可以种的铅笔呢？

    发明者是三个麻省理工的学生，说起发明的缘由也很偶然。他们平时在使用铅笔时，铅笔常常会断裂或用到最后只剩下一截铅笔头就无法再使用，不得不扔掉，造成很大的浪费。他们粗略一算，一年之内全球所有使用铅笔的国家所扔的铅笔头或断笔就达到几十亿支，这是一笔庞大的数目。想想这些铅笔白白扔到垃圾箱里，三个学生感到很惋惜，他们就想将这些废铅笔再利用起来。

    于是，他们经过反复构思、实验，最终设计出一个绝妙的方案：在铅笔的笔端加了一个可以降解的胶囊，在胶囊里放上一些容易成活的植物种子，当铅笔断裂或是使用到一定阶段不能再用时，就将铅笔头插入土壤里，过几天，就会发生惊人的一幕：土壤里的铅笔开始萌发出新芽。只要精心侍弄，小芽便会苗壮成长，或是开出绚丽的花朵或是结出累累硕果，铅笔焕发出勃勃生机。

发芽的铅笔很快被在丹麦从事可持续研究工作的迈克尔得知，他一下就喜欢上了这项发明。他找到三位发明者，要跟他们合伙，把发芽的铅笔在丹麦出售。三位发明者同意了。仅仅一个春天，他们就卖出了七万支铅笔。后来，他们又扩大营销范围，将铅笔推广到整个欧洲。短短数月，就卖出了一百万支铅笔。迈克尔买断了铅笔的专利和产权，成了公司的首席执行官（CEO）。

随着这种铅笔不断被人们接受，如今不只欧洲，全球六十多个国家都在卖这种发芽铅笔，收入超过一千八百万元。

后来，一个克罗地亚姑娘又进一步挖掘发芽铅笔的可持续性。因为她发现，身边有很多朋友都在用铅笔，或学习或工作，铅笔使用量很大。于是她想：如何把铅笔制作的成本降到最低，原材料也换成别的，而不单单只是木头。有一天，她看到奶奶用咖啡渣和茶叶渣给植物施肥，不由得眼前一亮。盘算起来：既然这些废料可以当肥料，可不可以用它来制作铅笔呢？

有了这种想法，她就开始做实验，实验证明她的想法完全可行。于是她将咖啡渣、茶叶渣、枯败的花瓣压缩后制成了铅笔。她在制作的过程中发现三十千克的咖啡渣可以制成三千支铅笔，在咖啡渣制成的铅笔上部她同样也用了降解胶囊，放入植物种子。当铅笔用到一定程度不能再用时，就将它种在土壤里，便会发芽开花结果。

她发明的铅笔与三位学生的不同之处在于，她是废物再利用，不但节约了成本，而且更加环保。就连铅笔削下的铅笔屑，都可以作为提高土地肥力的肥料，真正实现了从头到尾百分之百的绿色可持续。

和对手做好邻居

◎黄小平

人们遇到障碍，通常会采取两种处理的办法：一种是绕过障碍，一种是摧毁障碍。但我认为，这两种办法，都有其弊端。为什么呢？先看绕过障碍，要绕过障碍，你就得走弯路，走弯路你就得延误抵达目的地的时间；再看摧毁障碍，要摧毁障碍，你就得与障碍进行一场战争，有战争就会有伤害，无论你是胜者还是败者，都会削弱你的力量，给你带来不可估量的损失和伤害。那么，在这两种办法之外，还有没有一种更可取的上乘之策呢？

曾听过这样一件事：某地设计建造一座公园，在公园的规划内，有一块巨大的岩石，如果铲除它，不仅要耗费不少的人力和财力，还要延误工期；如果绕过这块岩石，又会影响公园的整体效果。设计者为此伤透脑筋。一位智者在得知设计师的烦恼后，找到设计师，问：为什么要铲除它？又为什么要绕开它呢？留着它，作为公园的一处风景来设计，不是更好吗？这句话让设计者茅塞顿开，最终采纳了这一建议。

消除障碍最好的方法，不是去铲平它、摧毁它，而是去接纳它、包容它，这正如消灭对手的最好方法，不是把对手放到自己的对立面，而是把对手拉到自己的一边，和他做好邻居。

风景是最好的吸引力

◎刘　燕

　　在乌拉圭风光无匹的加尔松湖上，有一座造型非常独特的圆形公路桥。和别的直形公路桥不同的是，这座环形公路桥修建在了加尔松湖中央不说，设计师还特意把圆形公路桥的圆径设计得非常大，让过往的车辆在绕公路桥行驶时，还可以顺便欣赏到湖上的秀丽风光。

　　不仅如此，公路桥内侧的圆形结构还设有专门的人行环道，这样过往车辆和路人在通过公路桥时，还可以单独把车辆开到环道内，停下来好好欣赏湖中美景。

　　但不为人知的是，在最开始的穿湖公路桥设计方案上，设计师设计的样子却并非如此。当公路桥的设计师拉斐尔接到为加尔松湖设计公路桥时，根据施工方的要求，他也曾想过设计一座传统的直形公路桥。但经过实地考察加尔松湖风光，并得知公路桥的作用是为了连接乌拉圭南部的两座重要海岸城市罗恰和马尔多纳多，为的是让两座城市共享资源后，拉斐尔就改变了建造直形公路桥的想法。在他看来，虽然罗恰和马尔多纳多都有着无可比拟的海岸风光，但正因为两座城市的相似，使得外来的游客容易对相同的两座城市产生厌倦心理。相反，如果在通往两座城市的中间路段人为地设置一些"意外"美景，也许更容易让游客们惊喜。

于是，拉斐尔大胆地让加尔松湖上的风景成为罗恰和马尔多纳多中间的"美丽路障"，他不仅创造性地把直形的公路桥改成环形设计，还贴心地在环形公路桥上设置了多处可供游人停下来观赏湖景和钓鱼休闲的地方。

而建好后的圆形公路桥也不负拉斐尔所望，湖中公路桥建好后，因为独特的造型和加尔松湖的绝美风光，来往此路的游客变得越来越多不说，游完加尔松湖后顺便前往罗恰和马尔多纳多两市进行观光投资的人数更是有增无减。

虽然建造圆形公路桥比直形公路桥增加了一些材料和施工费用，但对罗恰和马尔多纳多两市长期的经济发展来说，这些费用完全可以忽略不计。

如今的加尔松湖上的圆形公路桥，已经成了乌拉圭举世闻名的一处景点。很多来乌拉圭旅游的外国游客，不惜绕远路也要来圆形桥上一游，仅此一项就为乌拉圭创造了无数收益。

很多人说，直路才是通往成功最短的路，但到了乌拉圭的圆形公路桥上，人们却在用人为增加距离的方式来拉长人们通行的时间，以使人们留下更多的脚步，让人流创造效益。与其说美景不可辜负，不如说美景才是吸引人们，让人们停驻的最好理由。要知道，这世上没有什么能抵得上千金难买的人气。

舍弃烦琐，拥抱简单

◎罗东明

第二次世界大战期间，一艘美国军舰停泊在某国海湾中，那晚月色怡人，一切都显得静谧安详。

一名士兵对全船进行例行检查，突然他发现远处海面上有一个巨大的黑影正在向船漂来，他借着月光观察了一会儿，惊骇地发现那竟然是一枚触发水雷，顺着涨潮向舰艇漂来。那名士兵吓出了一身冷汗，立即抓起电话机通知值日官。

值日官闻讯赶来，立刻向舰长报告，同时拉响了警报，全舰官兵立刻动起来，他们用恐怖的眼神注视着水雷一步步逼近，心中都清楚灾难即将降临。

他们迅速研究对策，也不乏一些巧妙的方法，却无一经得起现实的考验。眼看灾难即将降临，悲剧似乎无法避免，沮丧的舰长正要命令船员弃舰逃生时，一个叫弗雷泽的士兵喊道："快拿消防水管来！"这一声叫喊，仿佛醍醐灌顶，让人眼前一亮，消防水管很快被拿来了，士兵用高压水流制造出一条水带，将水雷带到远方，然后用舰炮引爆了它。

一场看似无法避免的悲剧，却又消失于无形之中，而用的方法却异常简单，似不合情理，但仔细一想，却又合情合理，回过头来一看，这个故事所体现的正是一种简单的智慧。人生的实质就是在不断地解决问题，而解决问题的方法却有千千万万，就如同那沙滩上的沙砾，一望无际。但总起来说只有两类：将问题简单化或复杂化。面对难题，智者只是将思维稍稍转了一下弯，绕过障碍，就能取得"山重水复疑无路，柳暗花明又一村"的效果；而普通人却是向这个难题发起无用的冲击，最后身陷绝境，进退不得，抱憾终生。

我们面对问题，应"透过现象看本质"，着眼起点，锁定终点，朝着问题的答案奔去，何必在乎路旁花花草草的美艳？

用简单的方法解决简单的问题，是普通人的水平；而用简单的方法解决复杂的问题，就是智慧的表现。

错误习惯也能成自然

◎张　勇

　　习惯成自然。但习以为常的不一定都是正确的，一些不一定科学甚至错误的习惯也能成自然。

　　二战时，鲁尼在英国空军部队当后勤兵，负责给战斗机做保养。部队规定，战机的皮革座椅要用骆驼粪来保养。这让鲁尼苦恼不已，因为粪便的臭味实在难忍，可又不能违反规定。半年后的一天，由于骆驼粪短缺，鲁尼暂时闲了下来。望着那些不能保养的战机，鲁尼问战友："既然迟迟等不到骆驼粪，为何不用其他东西代替？"战友笑着说："就数你脑瓜好使？既然部队规定必须用骆驼粪，就说明它有特殊的功效。"鲁尼本想继续追问，可听着战友们嘲讽的口气，就没再吱声。不久，参加过一战的父亲来部队探望，看见鲁尼正忙着用骆驼粪擦拭座椅，便疑惑地问："你们怎么还在用骆驼粪养护皮革？"鲁尼理直气壮地答："我们一直如此，这是规定。"父亲想了想，笑着说："当年我们在北非沙漠地区作战，有大量的物资需要骆驼运输，可驾驭骆驼的皮具是用牛皮做的，骆驼闻到那味道，就会赖着不走。于是，有人想到用骆驼粪来擦皮具，这样就能盖住牛皮的气味，果然骆驼就听话了。哪料三十年过去了，你们却将这方法沿用到飞机上，太可笑了！"听完这话，鲁尼将信将疑，随即去翻阅了史料，结果正如父亲所言。

雕塑家罗丹拜在巴耶老师门下学习雕塑。一天，巴耶教学生们如何雕刻植物。只见他握着一把大雕刻刀，很快雕好了一朵玫瑰花。这时，有人来找巴耶，他便交代学生，让他们好好练习，自己有事要出去一会儿。老师离开后，罗丹没有放松对自己的要求，他和好友爱德华比赛，看谁雕刻的玫瑰花又多又好。爱德华雕刻了没几下，就揉着酸痛的手臂抱怨道："雕刻这种花，为什么要用这样笨重的雕刻刀呢？倒不如换一种更小巧的刀！"罗丹立刻摇了摇头，说："虽然我也感觉用这种大雕刻刀有些奇怪，但老师这样教我们，一定有他的道理，还是不要轻易改变吧！"几个小时后，巴耶回来了，当他看到罗丹和爱德华的"杰作"时，不但没有夸奖他们，反而皱着眉头问："你们一直在用这种大号的雕刻刀吗？"罗丹赶忙点了点头。巴耶却非常失望地说："刚才我给你们上课时，因为一时找不到小号的雕刻刀，才临时用大号的演示了一遍。没想到你们居然一点都不懂得变通！"罗丹羞愧难当，并以此事为鉴，终成一代大师。

许多东西，一旦约定俗成，便成为一种有形或无形的标准，很少有人再去想它的适应性与合理性。把鞋子分为左右脚，也才是一百多年的事情。几千年来，人们一直习惯于"一顺脚"，谁也没有提出异议。人们像对待"骆驼粪养护皮革"那样，知其然而不知其所以然地熟视无睹，迟滞和耽搁了许多变革、完善和发展的机会。

　　在生活和事业中，常常会有一些错误的习以为常在无形或有形中禁锢着人的思维。一旦找到这种思维的源头与症结，跳出约定俗成的框框，往往别有洞天。

把菜种到大街上

◎慕如雪

蔬菜是种到哪里的？答案自然是种到菜地里，再不济也要种到自己家的小院子里。可是，在英国的德托拜丁小镇，蔬菜却种到了大街上。不仅公路边是蔬菜，警察局门口是蔬菜，连陵园的入口处也是一片葱茏的蔬菜。

这一切都源于一个叫潘牧的老太太。

潘牧今年六十五岁，在德托拜丁小镇上生活了一辈子。这几年她被一个非常苦恼的事情纠结着，那就是现在的人们沉浸在网络和手机的世界里，他们愿意花大把的时间、大把的流量去关心网友，却从不关心自己身边的社区。人们仿佛已经中了虚拟世界的毒，忘了身边还有一个生机勃勃的世界。小镇变得越来越冷清了。

她很苦恼，想找到一种方式，可以让人们愿意从虚拟的圈子里走出来，用另一种眼光看待和关心所生活的社区。

可是用什么办法呢？

一天她突然迸发了灵感，在小镇的街道上种菜。民以食为天，每个人都要吃饭，自己在小镇的街上种菜，让大家能够随时随手免费采摘，大家的心是不是就能被收回来？

想到就去做，潘牧老太太马上买来蔬菜瓜果的种子，并且找来周围的邻居、朋友和她一起去种菜。

她们先从小镇的各个角落开始。医院的围墙高，还是一根一根的铁栅栏，她们就沿着医院的围墙种了一大圈藤蔓。公交站旁边有一条窄窄的小径，她们种上了番茄。停车场空地大，可利用的地方却少，只有边边角角，她们也没让它闲着，种上了香草，还在养老院的院子里种上玉米。

为了让自己的首批蔬菜葱葱茏茏，她们浇水、施肥，精心侍弄。一个月后，这些蔬菜给她们捧出了硕果，一棵棵新鲜肥美，香嫩欲滴。过往的行人都对这一棵棵鲜嫩的蔬菜投来了喜爱的目光。看到自己的"招数"起了作用，潘牧喜出望外，在每个菜畦边立上块小牌子，写上"免费供给，任意采摘"，还每家每户地通知，街上种的菜成熟了，快去采摘吧。

开始的时候大家都不好意思，后来耐不住潘牧的劝说和提醒，都纷纷采摘些回去，吃着的时候发现蔬菜味道鲜美，就摘了第二次、第三次。当大家听说潘牧种菜的初衷时，都为之一振，节假日纷纷放下手机，拿起工具加入潘牧的队伍中来。

角落种完了，就开垦新的地盘，学校围墙外、邮政局门口、铁道角落、警察局门口、公路两侧，每一个能利用的土地都被栽种上了瓜果蔬菜。最后，实在没有地方开垦了，她们来到了墓地，在墓园的入口处撒下了香草的种子……

至此，这个小镇，所有能利用的空地都被种上了蔬菜水果，随时都可以摘一个果子入口，随时可以摘一把蔬菜回家，成了一个名副其实的"随时都可以吃"的小镇。

　　酒香不怕巷子深，虽然德托拜丁是一个名不见经传的小镇，但是随着小镇"能吃"的声名远播，慕名来这儿参观的人越来越多。为了让这些人饱览小镇的风光，潘牧等人按照栽种的蔬果生长成熟期的不同，设计了不同的游览线路，这样一来，那些远道而来的客人，不仅能参观小镇的风光，还能幸运地吃到长得刚刚好的蔬果。

　　小镇好看，瓜果好吃。

　　一位六旬老太太，一个想让人们脱离手机回归现实的小尝试，改变了当地人们的生活环境，听起来像是天方夜谭，却真实又实际地告诉我们，每个人都有能力让生活更加美好，只要你愿意行动。

最善意的"公交车站"

◎夏生荷

　　"港湾"是波兰首都华沙郊区的一家治疗阿尔茨海默病的医院，这里常年收治着一百多名记忆有问题的阿尔茨海默病患者。在院长凯西娅·沃特等医护人员的精心照顾和调治下，很多患者的病情得到了有效的控制，这让患者的家属感到稍许欣慰。

　　但令凯西娅为难的是，很多患者在经过一段时间的治疗后，便会觉得自己完全好了，想回到家里，在意识混乱之时，他们会想方设法地躲过医护人员的监督，偷逃出去，不管是白天还是黑夜。而出去后，他们大都又记不起回家的路，因此极易在四处流浪中走失，再想找回他们就非常困难，给医院和患者家属带来极大的压力。

　　为了阻止患者外逃，凯西娅想出了很多办法，比如，增加巡访病房的频次，让患者互相监督，检举外逃事件，但依然有患者"技高一筹"，从医护人员的眼皮底下溜出去。后来，凯西娅又计划加高医院的外墙，并设置铁丝网，但又怕伤害到患者的自尊心，引起他们的不满，进而影响到康复。因为毕竟病人不是囚犯，医院更不应该是监狱。患者一旦觉得自己像个罪犯被囚禁起来，就会有强烈的逆反心理，进而不配合治疗，使病情恶化。

这种状况让凯西娅觉得必须得想一个更好的、两者兼顾的办法，它既能维护患者的尊严，又能减少患者外逃走失的概率。后来她发现很多患者偷逃出去，都会第一时间去寻找公交车站，以便能坐上通往自家的公交车。但实际上，由于港湾医院处于郊区，除了患者家属，平时极少有人到此，因而这里根本没有开通公交，这给了凯西娅极大的启发，她灵机一动，想出一个"拖住"患者的方法。

很快，凯西娅和同事们便在港湾医院附近一个十字路口的前后左右四方，建起了四个"公交车站"，每个"公交车站"都设立了多条公交路线的站牌，站牌上清晰地标明各个站点的名称，它们几乎涵盖了通向华沙东西南北所有方向和主要路段的站点，并且有夜间公交专线。

实际上，这四个"公交车站"都是假的，只是做做样子而已，因为永远都不会有公交车前来停靠，更不可能接走乘客。对此，患者们却一无所知，他们溜出去都会在那里安静地等候公交车，不乱跑，不随意走动。这就给了医护人员快速找到他们的时间——一旦发现有患者不在了，他们会立即来到"公交车站"寻找，结果十有八九都能将患者找到，从而有效地减少了患者走失的概率。

凯西娅所建立的假公交车站，按理说，具有混淆视听、误导行人的嫌疑，应该被拆除和禁止，可实际上，"公交站"不但没有遭到华沙公交管理部门的反对和禁止，反而得到了他们的认可，他们表示会在其他收治阿尔茨海默病病人的偏远医院附近推广凯西娅的创举，以挽留那些"特殊的乘客"。

偶尔，也会有极少市民被凯西娅的假公交车站误导，久等不见公交车来，但他们在了解实情后，都纷纷表示谅解，因为觉得它们是华沙最具善意，也是最不可缺少的"公交车站"！

有时，关爱他人，特别是一些弱势群体，既需要真诚、真心的付出，又需要智慧、善意的"欺骗"。

危险是最好的保障

◎石亚明

　　瑞士火车因安全系数高而引起人们的好奇。大家不禁惊讶，瑞士是采取什么措施，保持了在世界最陡铁路运行一百二十年零事故的纪录，哈佛大学的马修教授经过研究后发现，瑞士之所以能保持这个纪录，竟是因为他们不将危险隐藏起来。

　　刚四十岁的马修教授就以他那在学校里闻名的"聪明绝顶"的发型，向大家证明了自己在世界上的权威性。一天他在看新闻时，看到这个消息后，当即就向学校递交了课题申请报告。学校不仅批准了他的课题报告，还给他拨发了三万美元的课题经费。

　　于是，马修教授不禁为如何能搜集到最翔实的资料而动起了脑筋。一天，他在书柜找书时，一本《曼德拉传》掉下来。当他捡起这本书时，想起曼德拉为了能及时地掌握底层黑人的思想动态，而深入到黑人中去的故事。于是，他决定去瑞士铁路系统进行了解，并在网上查找瑞士铁路公司的招工广告。

　　马修教授很快就发现了瑞士铁路公司的一条招工广告，他在给瑞士铁路公司发去求职信后想，自己的这形象会不会影响录用。于是，他就到美国最好的植发中心让自己的"绝顶"变得郁郁葱葱。忙完这一切后，他还特意穿上高价从出租车司机那里

"收购"的沾满油渍的蓝色工作服，去面试。

功夫不负有心人，他很顺利地成了瑞士铁路公司的员工。在他第一天上班时，就被带到一个礼堂，站在门口的工作人员递给他一副眼镜，并让他戴好，认真看。马修走到自己的座位，戴上眼镜。不一会儿，大厅里所有的灯都关了，前面的屏幕上出现一行字，提示所有新人用心记住后面所告诉的一切。原来，这是副看3D电影的眼镜。很快，马修的汗衫就随着这段视频的开播湿透了。原来，这是段世界最陡铁路最危险路段的视频，路况的险峻，再加上逼真的影视效果，当即就让马修冷汗淋漓，并将所有的危险路段记在了脑子里。

马修看了一会儿视频，就拿出一条湿巾擦干额头上的汗，回家撰写课题报告了。马修在这份报告中总结出瑞士之所以能保持在世界最陡铁路运行一百二十年零事故纪录的原因是："他们没将危险隐藏起来，反倒将危险主动暴露出来。"

危险，并不会因隐藏而消失，有时，主动暴露危险，反倒能提高人们的安全意识。

危险是最好的保障，最好的保障是对生命真正爱护的态度。

二手教育

◎杨　明

　　瑞典是北欧的一个发达国家，人民生活很富裕，社会保险福利也很健全。但令人感到奇怪的是，瑞典人似乎对孩子很小气，甚至可以说是抠门儿。很多家长都会选择去二手市场买衣服、鞋子、玩具给孩子。家长们乐此不疲地在二手市场里采购，因此造就了瑞典十分发达的二手市场。

　　虽然家长们对孩子表现得很小气，但并不是从孩子一出生就这样的。通常在从孩子出生到三岁左右的阶段，家长们也会把孩子当成掌上明珠，婴儿车、贴身衣服、被褥、小玩具等，都是名牌的精致产品。但到了三岁以后，家长们便开始处处"精打细算"，几乎每天都会去二手市场闲逛，时不时给孩子买回来一件二手物品，或是衣服，或是鞋子，或是玩具等。总之除了吃住方面，其他的都尽可能买二手物品。更令人吃惊的是，这种现象并不局限在某一个家庭，不管家庭条件怎么样，不管父母从事什么工作，也不管是男孩还是女孩，几乎所有的家庭都这样抚养孩子。

　　而且不只是家长们，就连学校也秉持这种观念来对孩子们进行教育。从幼儿园开始，老师们就会不断向孩子们宣传二手物品的回收与再利用。老师们不仅向孩子们宣传，也会亲自给孩子们示范。老师们经常会把家里虽然不用，但还有使用价值的物品带到学校，当面给孩子们演示整理、清洗、包装等步骤，然后带着孩子们一起出去，把包装好的物品送到街上的二手店，再由二手店负责低价卖出。

不仅如此，学校有时还会举行一些校外活动，也会鼓励老师和孩子们自己筹措经费。这时，老师就会根据估算的活动经费，和孩子们一起商量、讨论需要给二手店送去多少物品。当孩子们选定自己要拿出的二手物品后，老师还会一一跟家长确认，以避免孩子们不清楚家中物品的价值和重要性，拿了不能拿的。最后，孩子们把清洗、包装好的物品带到学校，在老师的带领下将物品分门别类地放好，然后所有人一起去二手店，最终完成一次二手物品的回收与售卖。等校外活动结束，老师还会让孩子们写下参与活动的感想和各自的看法。虽然每个孩子的感想不尽相同，但共同的一点就是，孩子们都觉得用自己的双手赚取的经费，用在有意义的活动上，心里很开心，并且愿意继续参加这样的活动。

孩子们就在这样的教育和生活方式下成长着。虽然一开始可能并不理解家长和老师们为什么这样，但随着年龄的增长，孩子们会逐渐明白这种做法的价值与意义。孩子们一次次整理、清洗二手物品，再送到二手店，然后等着物品被他人买下，继续延续物品的价值。无数次的参与和重复下，这种观念与做法，逐渐渗透进孩子们的思想中，并成为一生受用无穷的精神力量。

以身作则，从小开始，瑞典给了所有孩子一个理解自己，理解人与社会、人与自然关系的教育开端。瑞典的确很富裕，但它却给了孩子一个"穷教育"，将二手物品理念运用在孩子们的生活、学习与成长中，并使之延续下去。

如今，建立了完善的废旧物品回收与再利用机制，加上整个社会为尊重和保护自然而选择的绿色生活方式，瑞典已经基本实现了"零垃圾"的纯绿色生活状态。而这，正是所有人都梦寐以求的理想境界与美好愿景。

提前体验做母亲

◎杨兴文

　　十六岁的乔治·艾妮拉是美国密歇根州霍维尔中学的学生，按照学校规定高中二年级的女生不上体育课，而要接受感恩教育。这门课程的高潮是，学校将仿真机器宝宝交给学生带回家照顾，让她们当临时妈妈，提前体验做母亲的辛苦。

　　当机器宝宝吵闹的时候，部分脾气暴躁的家长会将孩子体内的扬声器拆下来，往往会将机器弄坏。因此，准备把宝宝带回家的学生，必须让父母亲到学校签署保证书，保证把宝宝完好如初地送回学校，否则将按照出售价格二百三十美元赔偿损失。

　　在母亲签署保证书后，艾妮拉戴着临时妈妈身份认证手环，小心翼翼地抱着宝宝匆匆回家。宝宝身体里安装有电脑芯片，具备模仿真婴儿吃奶、吵闹、哭泣、撒尿、睡觉等各种基本功能。艾妮拉刚走出教室，宝宝就开始哭泣起来，她连忙用手拍拍宝宝的身体，宝宝才停止哭泣。

　　机器宝宝的重量，差不多有四公斤，回家的路上艾妮拉抱怨："宝宝很重，我抱着很累。"母亲立即告诉女儿："如果是真正的宝宝，身体会更重的。"抱着宝宝回到家里，艾妮拉感觉手臂十分疲累，连忙把宝宝放在沙发上。不料她刚放下去，宝宝就吵闹起来。

　　宝宝只接受戴着手环的人抱它散步、喂它吃奶、陪它玩耍和给它换尿布，哭泣的时候必须在两分钟内用正确的姿势抱起来，否则它会哭得更加大声。接受宝宝的折腾，可以让临时妈妈得到良好训练，确保她们在没有人帮助的情况下，也能够独立完成照料宝宝的任务。

　　艾妮拉把宝宝抱在怀里，在客厅里边走动边轻轻地摇晃宝宝，宝宝依然不停地哭泣。她看看老师给自己预备的《育儿知识手册》，意识到宝宝可能是饿了。把宝宝放在沙发上，艾妮拉赶紧冲奶粉，然后左手抱着宝宝，右手给宝宝喂奶。

　　在吃奶的过程中，或许是宝宝吃得太快了，竟然出现了打嗝的现象，艾妮拉只能把宝宝的身子竖起来，左手抱着宝宝，右手轻轻地拍宝宝的脊背，同时在客厅里不停地走动。两分钟后宝宝终于咧开可爱的小嘴巴，开心地笑起来。

　　终于等到宝宝闭着眼睛睡着了，艾妮拉将宝宝放在床铺上，准备回客厅吃饭。可是，她刚把饭舀进碗里，宝宝就开始哭泣，她想吃完饭再去抱，可是宝宝的哭声越来越大，她只得放下碗筷去抱宝宝。哄了几分钟后，宝宝还是不停地吵闹，艾妮拉看看《育儿知识手册》，估计是孩子需要换尿布。找来尿布更换之后，宝宝果然停止了哭泣，瞪着大眼睛观察客厅里的家具。

　　为了方便照顾宝宝，当天夜里艾妮拉睡在客厅的沙发上，只要间隔几分钟，宝宝就会吵闹，她必须迅速找到原因，看究竟是需要喂奶、换尿布，还是需要抱抱。如果找不到准确的原因，宝宝就会持续哇哇大哭，而且声音越来越大，吵得家里的其他人无法睡觉，母亲只能帮助她提着相关东西，让她抱着宝宝去小阁楼里。

艾妮拉刚刚把宝宝放在床铺上，宝宝就开始哭泣，不愿意安静地睡觉，艾妮拉只得赶紧把宝宝抱起来，绞尽脑汁地分析原因，极力哄宝宝睡觉。宝宝的头能够三百六十度转动，在抱的时候必须谨慎，就算再生气也不能随便抽打，如果宝宝的头转了三百六十度，就意味着夭折，也说明自己的功课失败。

由于宝宝的折腾，艾妮拉整夜无法睡觉，到黎明时她眼睛熬得红红的，累得腰酸腿疼，尤其糟糕的是，她的胳膊抽筋了。把宝宝送到学校时，艾妮拉筋疲力尽，精神几乎崩溃。在老师面前她带着疲倦的神情说："为了照顾宝宝，我没有时间吃饭，来不及洗澡，现在我终于体验到养育孩子特别艰难。"

霍维尔中学让高中女生提前体验做母亲，目的在于让年轻人知道，照顾脆弱的宝宝是多么不容易，既让她们感受到做母亲的辛苦，从而心甘情愿地孝敬母亲，又让她们训练了做母亲的本领，为自己将来做母亲奠定基础。霍维尔中学别开生面的感恩教育，具有非常重要的意义，值得教育领域学习和借鉴。

遗愿救护车

◎马倩茹

在澳洲的昆士兰，有一辆特殊的救护车，它提供的服务叫"心愿"，就是帮助即将离世者实现最后一个愿望，因此人们叫它"遗愿救护车"。这项服务的灵感来自昆士兰救护中心的工作人员格雷姆·库珀的一次善举。那是一天下午，库珀和同事护送一位老人去关怀中心。当车平稳地向前行驶时，老人忽然喃喃地说："我很想回去看一眼赫维湾，就一眼。"看着时日不多的老人，库珀心里酸酸的，他知道这是老人最后的请求。

库珀掉转车头，径直开往赫维湾。选了离海最近的一棵树下，库珀把病床推过去。夕阳西下，广阔的海面如画般美丽，老人深深地吸了一口清新的空气，整个人也精神起来，此时的她欢喜得像个孩子。

老人说，因为喜欢这片海，年轻时才和爱人搬到这儿，一住就是一辈子。爱人走后，她再也没有来过这里。"现在我要走了，只想来这里看看，这里有我的青春，我的爱。"老人面带笑容，轻轻地说。

库珀的心被震撼了，他用塑料袋盛来海水。余晖洒满老人的双颊，她眯起眼睛，用手摸着海水，尽情地感觉海水的温度，然后她满足地说："太完美了。"

同事把这一幕拍下来传到急救中心的官方自媒体上。没有想到，一夜之间，千百万人围观，五千多人含泪点赞，随着澳洲各大媒体的接力报道，这个事件一时间感动了整个澳洲。

其实，愿望虽然简单，但是对于长期行动不便的人们来说，却难如登天。受本次事件的启发，昆士兰政府联合救助中心专门增设了新服务项目"心愿"，不仅出资五万澳元作为启动资金，还调拨了一辆救护车，车上配备专业医护人员和医疗设备，用来帮助那些行动不便、即将离世者，实现他们最后的心愿，比如看海，去远方看望亲人，或回到有纪念意义的地方……这些心愿，透着他们对家人、对朋友，和这个世界深深的眷恋。

无论大小，无论是什么，"心愿"的工作人员都会竭力帮助完成，不让他们留下遗憾。最让人吃惊的是，当这些人去实现愿望时，他们没有悲伤，没有绝望，而是欣喜地与这个世界告别。

随后，"遗愿救护车"服务，在好几个国家铺展开来，受到人们广泛的称赞。每个人都会离开这个世界，每个心愿都应该被温柔以待。帮助人们实现最后的心愿，这是对生命的尊重，也折射出了人性的光辉。

会上错菜的餐厅

◎杨亮亮

日本东京最繁华的商业街之一银座，街道以饭店、酒店、小吃店居多，颇具特色的日本料理应有尽有。

在这条街上有一家特殊的餐厅，餐厅的名字很特别，叫作"会上错菜的餐厅"。

小国士朗今年三十多岁，是一名电视编导。这几天正在制作一个节目，电视台请来了几个患有阿尔茨海默病的老人一起生活，买菜、做饭、做家务，让这些老人尝试自己生活。

刚开始这些老人和同事们谈天说地，小国士朗和老人说想吃汉堡，结果其中一位老人端上来了锅贴。另一个同事要喝咖啡，另一位老人在四十分钟后才端上了一杯茶。这些老人年龄不大也就四五十岁，但是老是忘这忘那，而且你很礼貌地问他们原因，他们好像没听见一样。这让小国士朗很想一探究竟。

他的外婆就是因为阿尔茨海默病病情迅速恶化离开他的，可惜当时没有引起他的重视。每个人都会老去，我们应该在老人身上投入更多的心血和时间，宽容和理解也能解决很多问题。

他决定用自己的实际行动去帮助这些患病的老人。他在银座后街开了一家名字叫作"会上错菜的餐厅"的饭店。

虽然这家餐厅的食物看起来很美味，但这家店里的服务员真的和店的名字一样，会下错单、送错食物。而整件事最妙的是客人络绎不绝，根本没有把这放在心上。

在这家餐厅里经常出现这样的情景，顾客："您好，麻烦给我来一杯牛奶。"十几分钟后回应："好的，这是您点的奶酪，请慢用。"顾客："奶酪很香，谢谢！"

为什么餐厅里会允许这种错误存在，甚至以这个为卖点？这就和这里的几位老人有关系了。

这些服务生都患有阿尔茨海默病，这种脑部病变会导致记忆力丧失，走着走着就不知道自己走哪了去干什么，思考能力退化。慢慢地自己最爱的人、身边的亲人朋友就都不认识了，也不能说话，这很影响正常生活。

知道了原因后，顾客都选择耐心等待，欣然接受。大家笑着吃着原本不是自己点的餐。

不过，这些厨师，可都是真的专业大厨，这样说来，顾客们吃进去的也是很可口的美味。

"会上错菜的餐厅"自开业以来反响很好，人们都因了解到了"阿尔茨海默病"而宽容和理解身边的老人，并做着相应的预防和保护工作。

如果我们的心里都充满爱，我们的家园将会越来越美好。用心温暖我们生命中最亲最爱的人吧，不要让心里的这份真挚变成以后生活中的痛和遗憾。

第三部分

爱是一个顶针格

温暖的拥抱

◎韩彩英

　　不记得是几岁，总之我还很小的时候，我黑黑的头发被母亲编好弯过来，再扎两条粉红色的纱绫，像两只蝴蝶落在头上。

　　小时候看的是露天电影，只有在夏天的晚上才播。山里太寂寞了，电影是唯一的外来声音。"今晚，8点半上映电影，片名是……"每当林场里的广播一响，山里人就兴奋了起来，抓紧做饭，吃饭，夹了凳子去抢好位置。母亲开始总是哄睡我才去看，哪怕只能看个结尾。可是母亲一离开家，我就会醒，醒来看到四周黑黢黢的，家人都去看电影了，只剩我一个人，就哭，一直哭到哑了嗓子。后来再有电影时，母亲就索性用小被子裹了我去看。

　　即使是盛夏，山里的夜风也很凉。而我在母亲怀里却总是睡一会儿，醒一会儿，电影我是看不全的，也没有心思看。

　　电影散场，母亲抱我回家，已经三四岁的我加上被子很重，母亲抱得很是吃力。邻居王婶就说母亲："这么大孩子，别抱着了，让她下来跑跑吧！""睡着了，睡着了。"母亲轻声说，怕吵醒我。其实，我根本没有睡，我是贪恋母亲怀里的温暖，不敢睁眼。

　　在街头，某商场做活动派发礼品。一个老人站在礼品堆前很久，他看着那些热情洋溢的年轻人，有些落寞伤感。一个女孩递给他一份礼品，他摆摆手，很小心很期待地问："孩子，我能抱抱你吗？"女孩点点头，上去轻轻拥抱了一下老人。老人小心翼翼地拥抱着女孩，眼睛里闪动着泪光。许久，他拍拍女孩的后背："谢谢你，孩子。这是最好的礼物。"

张小娴曾经说过："拥抱的感觉真好，那是肉体的安慰、尘世的奖赏。"在心灵荒芜的时候需要拥抱种下一点温暖，无论是陌生人，还是亲人，或是情侣之间。拥抱一下，心和心的距离就会缩短；拥抱一下，日子就不容易迷失方向；拥抱一下，再凉薄的岁月也会变得丰满。若爱，请先学会拥抱。因为世界上最好的礼物，莫过于真诚的爱和温暖的拥抱。

母亲的爱最特别

◎乔凯凯

　　看到一个短视频，一位母亲用针线和各种彩色的布头亲手给孩子缝制了一本早教书。这本早教书制作精美，色彩搭配合理，内容丰富，引来众多网友阵阵惊叹和羡慕的声音。在赞叹这位母亲心灵手巧的同时，我突然想，这其实一点都不奇怪，"母亲出品"的东西不一直都是如此特别吗？

　　小时候的一个夏天，我即将开启小学生涯，母亲忙前忙后地帮我准备各种文具。最后只差书包时，母亲皱起了眉头，她不满意集市上卖的书包，觉得材料太硬，而且不透气。我很怕热，经常出汗，母亲觉得背上这样的书包，会让我更加难受。最后，母亲决定亲手给我做一个书包。她从裁缝店找来各种各样的碎布头，把它们裁剪成同样大小的菱形方块，再一块块地拼接起来，然后在书包的四周缝上荷叶边。这样，一个五颜六色的书包就做好了。这个特别的书包让我赢得了很多同学羡慕的目光，我每天背着它上学，神气极了。

　　还有一次，学校要举办踢毽子比赛，同学们都在学校门口的文具店里买来毽子练习踢毽子。我也买了一个，但感觉轻飘飘的，总是无法连续踢下去。母亲接过毽子踢了几下，摇摇头说：

"这毽子不行。妈给你做一个，保准比这个好。"说做就做，母亲抓住后院里的一只大公鸡，从它的尾巴上剪下最长最漂亮的几根羽毛，然后找来一枚铜钱，用碎布缝制起来，并在最上面固定了一根短短的吸管，最后把羽毛插在吸管里，就大功告成了。母亲做的这个毽子不仅漂亮，踢起来还特别方便，我一口气能踢好几十下。有了这个神奇的毽子，在那次踢毽子比赛中，我取得了第一名的成绩。直到现在，母亲家里的墙上还贴着那次比赛赢得的奖状呢！

　　当然，"母亲出品"也有让我出丑的时候。读中学时，有一次体检测量体重时，老师要求我们全部脱下鞋子。轮到我时，我磨蹭了半天才脱下。果然，一脱鞋子，同学们都大笑起来。那段时间我的脚趾总是痒，母亲觉得是我穿的袜子不透气的原因，就动手给我做了一双袜子，把大拇指和其他脚趾分开了。那时候还不流行"五指袜"，这个奇怪的又有点丑陋的袜子自然引来了同学们的嘲笑。当时我尴尬极了，恨不得立刻把袜子从脚上扯下来。回家后，我还气呼呼地向母亲"兴师问罪"，母亲看了我一眼说："丑是丑了点，但你说你的脚趾还痒不痒了？"这一下倒把我问住了，因为我的脚趾还真的不痒了呢。

　　直到现在，母亲仍会给我弄出一些很特别的东西来。前段时间，我无意中跟母亲抱怨买的车罩不禁用，几天后，母亲就送来了一个"新车罩"：用几块旧床单拼接成的车罩。母亲还热情地帮我盖在车上，远远看去，我的车就像混在西装革履的人群中的小乞丐一样。

　　但这次我并没有觉得尴尬，反而颇为自豪。因为我早就明白了，不管是好看的，还是不那么好看的，"母亲出品"的东西都是母亲对子女的一份深切的爱。因为倾注了爱心，这件东西才会显得很特别，而且很实用；因为与众不同，才更值得我们珍惜。

"假小子"遇上"花蝴蝶"

◎马海霞

　　小禾是我们年级的学霸，大考小考都排名全年级第一。同学间若打赌"你若考试考过小禾，我就如何如何"，肯定会有同学说："得了吧，那是根本不可能的事儿"。

　　我在二班，小禾在一班，我俩都是班里的第一名，但全年级排名我一直排在她后面，我不服，因此铆足了劲儿学，却还是考不过她。小禾留着短发，喜欢穿男孩款式的衣服，打扮得像个假小子。因为小禾是全校学生膜拜的学霸，所以连她的穿衣打扮都被捧上"神坛"，被认为是流行的标志。

　　我讨厌那些追随者，因此偏和小禾对着干，留长发、穿花裙子，为此有男生给我起绰号，叫我"花蝴蝶"。"假小子"和"花蝴蝶"是两个不同派系，虽然我和小禾教室相邻，却没有丝毫交集。我俩从未说过一句话，因为我不给她和我说话的机会。只要小禾迎面走来，我就低下头假装正看别处，不会和她目光相对。

　　初三那年，年级分快慢班，我和小禾都被分到了快班，而且还成了同桌。冤家路窄，我不想搭理小禾，但小禾却主动和我说话，说她早就关注我了，非常喜欢我，说她虽然总分比我高一点点，但物理成绩从未考过我，希望日后我俩多互相帮助，更希望我能抽空多辅导一下她的物理。

小禾一番话说得我不好意思起来，我开始有点儿喜欢眼前这位"假小子"了。一个周末，小禾邀请我去她家做客，到了小禾家我才知道她的家庭条件非常不好，小禾父亲前几年在工地干活不小心从架子上掉了下来，摔伤了腰，不能干重活儿，全家的担子全落在小禾母亲一人肩上。小禾母亲是个瘦小的女人，靠种地、打零工供小禾和她哥哥读书。

和小禾闲聊，我才知道，原来小禾这几年从未买过一件新衣服，都是穿她哥哥剩下的旧衣服。母亲每次要给她买新衣服，她都说她喜欢穿男孩的衣服，这样才显得酷。

原来是我误会了小禾，她走"假小子"的路线是为了给家里省钱。那天回到家，我跑到理发店剪了个短发，也换下花褂子，穿上了哥哥的蓝运动服，肥肥大大的把屁股都包住了。母亲说我闹幺蛾子，我说这叫时尚。

从那天开始，我和小禾成了真正的朋友，因为我也成"假小子"一组了。后来，小禾因家庭原因选了中专，她说读师范国家免学费，还有生活补助，上学花不了家里多少钱，而且还能早参加工作，早挣钱。她说读高中考大学的梦就寄托在我身上了，希望我替她完成这个梦想。

那个暑假，我和小禾结伴去冰糕厂打工，开学时，我俩用打工得来的钱给对方买了一件礼物。打开礼物时我俩都笑了，我给小禾买了件长袖的花裙子，希望她漂漂亮亮地去师范报到；她给我买的是花衬衣，她说感谢我为她变成"假小子"，她要还我一个"花蝴蝶"。

中学是人生的小满时节，懵懂中的我们从知道为他人考虑的那时起，生命之花便绚丽怒放了。

原谅我们的父母

◎陈晓辉

下午快下班前，领导布置了一堆任务，我带着一肚子的郁闷回到家。打开门，看到的却是儿子扔了一地的玩具。忍住想骂他的冲动去做饭，他又不好好吃。我终于忍不住了，扔下碗筷大吼："你咋这么烦！"

儿子委屈地躲到了一边。晚上等我收拾完东西，去看他的时候，他已经自己爬上小床睡着了，小脸上依稀还有泪痕。

我很后悔，早就是成年人了，还把坏情绪发泄到孩子身上。

第二天送儿子上学前，我对儿子说："妈妈对不起你，跟你道歉。"儿子毕竟还小，很快忘了昨晚的事。我说："昨天妈妈下班回来，不应该对你吼，妈妈道歉。"儿子抱着我的脖子说："妈妈昨天吼了我，但每天都为我准备早餐。今天早上闻到我爱吃的鸡蛋饼的香味，我就已经原谅你啦。"

谁说做父母的不需要孩子的原谅？他软软的小胳膊抱住我，就使我的歉疚全化作了甜蜜。所有的辛苦、心酸和委屈，都值得。

不知为什么，忽然想到我小时候。有一次，学校让交钱订资料，爸爸给我二十块钱，但到学校之后，我却怎么也找不到那二十块钱了。只好硬着头皮回家，再次问爸爸要。爸爸正在给玉米打药，沉重的药箱带子在他肩膀上勒出两道肉沟，而汗水和药水混合在一起，顺着沟流了下来，湿了衣服，留下两道清晰的痕迹。

我嗫嚅着把丢钱的事说完，爸爸大吼着打了我一巴掌："你咋这么笨！不给了！"我哭着回到学校，不敢面对收钱的老师。

第二天妈妈又给了我二十块钱，可是爸爸那一巴掌，却一直印在我心里，久久难忘。

原本就不善言辞的爸爸，后来也没再提起过这件事，仿佛它没有发生过。但我在敏感的青春期，却一直与爸爸非常疏远。原本丢了二十块钱，我就已经非常自责，他又不顾我的尊严，让我感到羞辱难堪。这样的人，在我当时看来，无论如何，都算不上一个好爸爸。

但是儿子抱着我说出"已经原谅你啦"的时候，我忽然醒悟，父母的错误，需要孩子的原谅才能化解。

每个人都有缺点，一个普通人，怎么可能因为孩子的出生，就忽然变得完美起来？那些普通人的缺点，诸如粗心、急躁、偶尔的懦弱、自私、懒惰，等等，都可能因为生活的艰苦和孩子带来的忙碌，而瞬间被放大，变成挥向孩子的双刃剑，伤害了孩子的同时也伤害了自己，但父母往往却不自知。

如果孩子坚持和父母互不沟通互不原谅，伤害就会悄悄潜伏下来，横亘在亲情之间，成为无法愈合的伤痕。所以，原谅父母的缺点和错误吧，消除彼此心中的难以言说的伤害，成全的其实是我们自己。

也许我的父亲早已忘了当初在玉米地发生的小事，但当我回家，一改往日的疏离，第一次亲昵地喊他爸爸，给他试穿我买的衣服，请他吃我带的好吃的食物时，我看到他眼中露出来不好意思，高兴地出门了。第二天，妈妈告诉我，他在村里的老头儿们面前显摆了半天，说："这是我闺女带的，要不要尝尝？这闺女，不听话，不让她带东西非要带东西……"我捂着手机笑了，二十多年前的难堪痛苦烟消云散。

原谅他们，其实就是原谅我们自己。

那个夏天的夜晚

◎曹化君

那个夏天的夜晚，月光盈盈，院子里仿佛蒙了一层纱。

鸡们在窝里打鼾，兔们在笼中梦呓，我披了皎洁的月光，走出家门。

忽而跌进蝉鸣蛙叫里了，就醉了。一束昏黄的光，在夜色里，和星星打情骂俏。一阵欢笑声起，我顿然醒转过来。昏黄的，是灯光，从教室里发散出来的。

谁在教室？在做什么？我跑了过去，惊异着、喜悦着、激动着。

离教室四五步远的时候，我放慢了脚步，蹑手蹑脚往前走。门虚掩着，我把脸贴门上，闭上一只眼睛，从缝隙里朝里望。

忽然传来后桌男同学的声音："老师，您说的是真的吗？"班主任用低沉的声音说："嗯，真的。"我顿时欢喜不已，推开门，走进去。一个高大的身影蓦地蹿过来，挡住我的视线和脚步。接着是一阵扑扑嗒嗒的声音，夹杂着零零碎碎的扑哧声——想笑又不敢笑，从喉咙里溢出来的声音。

当我看清站在我面前的是班主任时，我出了口长气，把目光投向老师身后，冷不丁愣住了。铺在地上的长席上，齐整整一溜儿，躺满了人，个个用被单裹得严严实实。我才要问你们在做什么，班主任就叫着我的名字说："你来得正好，咱们一起做游戏。"

班主任转过脸去，接着说："你们都把自己蒙严实了，然后从右往左依次说一句话，什么都行，至少两个字。"班主任又把脸转过来，看着我说："你依次猜出他们的名儿，最多猜两次，猜错了罚唱一首歌。若全猜对了，罚他们每人唱一首。"

忽然有人叫我的名字，声音尖细，我扑哧笑了，说出后桌男生的名儿。

仿佛被点着了捻儿的炮仗，席上的一长溜儿，依次发出声响，我挨个说出他们的名字，有的不等出声，我就叫出了名儿，露在被单外面的半个脑袋出卖了他。

被猜出名儿的，一个个露出头来，身上仍然紧裹着被单。我奇怪，于是问老师："他们不热吗？"班主任说甭管他们，让我继续往下猜。叫出最后一个男生的名字后，我才要让他们唱歌，后桌男生突然说："快憋死我了。"他话音未落，班主任就已噌地蹿过去，伸手按住他掀被单的手。我咯咯笑起来，指着后桌男生说："老师，他没穿背心。"但班主任仿佛没听见似的，严肃地说："你们都听好了，谁要是敢出来，明天罚你们写十遍，不，一百遍生字表。"

我愈发好奇，索性不走了，就看他们到底唱的是哪一出。

后桌男生忽然叫着我的名字说："再不走，鬼就出来了。"我心里一凛，几乎哭出来。班主任训斥了后桌男生一句，换上和软的语气对我说："回家吧，晚了妈妈会担心，走，我送你。"

后来，我常常想起那个夏天的夜晚，想起教室里那个神秘兮兮的画面，愈发困惑。直到几十年后，同学聚会上，男生们说出了事情真相。

那个夏天的夜晚，班主任和男生们刚刚在教室后面的小河里洗完澡，还没来得及穿衣服，我就突然走了进去。

那年，我们上小四。

那个夏天的夜晚，是一场别开生面的派对，一帧恍若仙境的月夜图，一个美妙无比的童话故事。忆起时，木然沧桑的心顿时和软温香，别趣横生。

爱是一个顶针格

◎孟祥菊

　　傍晚，家里的热水器突然坏了，我只好用电水壶烧了开水，简单地冲洗过后，准备上床休息。睡前，我嘱咐正在玩电脑的儿子，要记得睡前烧壶热水洗漱，免得冻坏了身子。儿子抬头看了看我，笑着回应一句"知道了"，而后继续玩他自己的网络游戏。

　　夜半醒来，只见书房内的灯依旧亮着，儿子显然还没睡。我忙从床上爬起，轻手轻脚走进厨房，打算帮他去烧热水。但响声还是惊扰了儿子，他走到我身边，一脸讪笑地责怪我："妈也真是的，我会自己烧水！我都二十多岁的人了，你怎么还处处拿我当个小孩子？"我扬手摸了摸儿子的额头，爱怜地说道："你的确是长大了，用不了几年，就会成立自己的家庭！所以呀，妈便再没时间疼你啦！"

　　儿子不再言语，静静地将电水壶的开关按下，然后搂过我的肩，直至将我送回卧房。过了一会儿，儿子开始轻声洗漱，而后回房就寝……

　　一抹轻柔的月光透过窗纱，温暖地泻在我的床头，我却再难入睡，眼前忽然闪过二十多年前我出嫁时的一个镜头。

那是一个初夏的傍晚，也是我远嫁他市的前一个晚上。向来崇尚"饭后百步走"的父亲却不再出去散步，而是几次踱进我的卧房，一会儿摸摸家里陪送我的几套被褥是否柔软，一会儿又看看我要带走的几个包裹是否捆得结实。他最后一次进来大概是在晚上八点半，当时的他拿着一个红布包，里面放了一套旧图书，是他平日里最喜爱的甲戌本的《脂砚斋重评石头记》，一共四本。父亲叮嘱我："丫头，爸没啥值钱的东西送你，又知你平日里喜欢写点东西，但愿这套书能帮得到你！"父亲说完，便了却一桩心事般缓缓地离去了，此后再也没有走进我的卧室……

那天夜里，我是陪着母亲一起入睡的。临睡前，我忍不住将父亲的怪异举动说给母亲听，母亲静静地注视着我，过了好一会儿才告诉我父亲这样做的原因。父亲当了一辈子的小学老师，在家里的几个孩子中，他最在意我，也最了解我的秉性。他知我性格随和，喜欢安静，极少与周围的人发生冲突，然而这也是他最为牵挂的地方。所以思来想去，他便将自己钟爱的一套图书赠我，只为时刻给我做个伴。

临了，母亲还幽幽地嘀咕了一句："此后的我们，便再不能如在家时一样疼你啦……"说完，她便将头扭向一边，再也不肯说话，佯装睡去。我的泪便止不住地落了一枕。

时光流转中，我的儿子也已长到我当年出嫁的年龄。每个寒暑假，当在外地读书的儿子回到我身边的时候，我都会格外珍惜与他相伴的每个日子，尽我所爱，如他是婴儿一样时刻宠溺着他，一如当年的父母默默宠着我。

蓦然想起作家三毛写过的一篇回忆母亲的文章——《她从不肯委屈我一秒》，里面用通俗的文字，详细记录了她母亲拖着重物踟蹰前行而不肯让她帮忙的细节，读来感人至深。终于晓得，爱是一个顶针格，天下为人父母者，但凡有儿女在侧，爱的脚步便永远不会停歇。

无法抵达，才是远方

◎龚　婷

　　有天午睡，我梦见父亲和我聊得眉飞色舞，其乐融融。惊醒、坐起、四处张望，我感觉他就在身边，直到泪一颗颗滴落，心渐渐空落，往事连根拔起，飞越时光，飞越……

　　总被生活中的某些细节击中，甚至是微小的看不见的点，就能让我瞬间无语。父亲节曾看到一位父亲和一个孩子在一起的温馨视频，但这次，我没转发给家人们看，我不想他们和我一样，经受不可抵制的心尖刺痛。

　　电影里，父亲对孩子解释死亡，轻描淡写说你爷爷呀，他去了很远的地方。远方到底有多远，只读过三年书的父亲无法解释得令我满意，只是电影里那人一直没出现，我才知道去了远方终归不会再回来了。

　　远到不能再回，到底有多远，是不是天边？

　　那一刻，我端坐在父亲肩头，不时用小手轻拍他脑门顶，以释放对这个世界的茫然无措。但既然父亲都不知道，我又怎样才能知道呢？

　　从此便盼望能快快长大。

　　长大了，我可以像小鸟一样飞翔着，自由自在闯荡世界，抵达父亲因财力限制而无法抵达的地方。

然而到我长大，我却更想重温他抵达过的地方，不管是哪里，我想从他的足迹里了解他，他的苦难、他的快乐、他的成长历程。

女儿或许明白了什么，因为她去岳阳读书，第一次在当地游玩时，没去岳阳楼，却拍了很多我想去但没能去的城陵矶的照片发给我。我想传给父亲看，可惜那时因父母不会玩微信而搁置。只是我没想到，仅仅晚了不到一年，我便再也无法带父亲去那儿了，亦不能与他并肩站在那儿，听他描述他年轻时在那儿修筑大堤的情景。

生命是场角力赛，我们只能用自身力量而不能借工具，哪怕是自然界，哪怕是自身。我不敢再停留片刻，总怕来不及，我时常无畏地奔跑仿佛有什么在背后追打，我始终死撑着，一点都说不上优雅地坚持着。

虽表面上看，我慢了下来，也对朋友说，不要老写父母和故乡的诗歌，长此以往难有新意，得让诗情拓展、让心飞翔、让梦开放。但我没说，得向往远方。

因为我怕他诘问：远方是哪里？

安葬父亲回家，我和女儿走了另外的田间小路，而不敢和亲人一路，不忍目睹弟弟跪在大门边接父亲遗像进门。从此，我回娘家，父亲只是高坐在堂屋墙壁上看着我，用一种永远都不会改的微笑，凝视着我或远方。

从此明白，为什么大人对孩子解释，那个不能再回的人去了远方，只是因为那儿，终生无法抵达。或者就算在他之后抵达，那也不是在同一个地方，就像你的脚下，就是他的远方一样。

毕业照上的你，还好吗

◎李　晓

    我家不远处，有一所树木葱郁的大学，大学里的树，沉静安稳。平时校园里，学子们青春的身影闪烁在枝叶交错的流光里，有多少光阴的故事，就在这碧绿的树影里飘来飘去。

    每到寒暑假，大学校园里四处空空荡荡，那些郁郁葱葱的树，仿佛一夜之间变得肃穆庄重，风一吹，树叶在哗哗声响中翻过身，天光云影中白亮亮一片如吹绉了的湖面。有年暑假，看见一位白发的老教授在校园操场上慢慢走着，老教授靠在一棵如华盖撑开的槐树下，陷入了沉思的模样，风掀动着他的白发。这一幕让人心中浮现起老教授教过的学生们，他们散落在四方天涯。这些大学里的树，浸透着育人者的心血，在它们一圈一圈扩散的年轮里，也交织着人与树的年华。

    这所大学，也是我爸的母校。有天回爸妈在老城的家，恰好看到爸正在翻看老照片，爸怔怔地望着一张黑白照片，他突然指着照片上一个同学说："我这几天晚上常梦见他。"不过他上个月打听到消息，听说这个同学已经在去年去世了。爸突然在我面前老泪纵横："本想这辈子还要再见上一面，而今却阴阳两隔。"

    爸看的这张照片，拍摄于他毕业的那年夏天。那年，父亲二十五岁，是这所大学物理系的学生。这张珍藏了五十七年的老照片，而今他还可以一一指着照片上的同学，回忆起当年与他们相处中一点一滴的情景。人老了真是奇怪，有时连昨天的晚餐也忘记了，但还记得五十多年前某个夜晚的一些细节。那天，爸望着毕业照上当年的那些同学，喃喃地说，照片上的四十多个同学，有十三个已住进了墓地……

我也保留着我的高中毕业照。1986年初夏的那张照片上，有四十六位学生，八位老师——校长、教导主任、六位任课老师，还有学校图书室的管理员，胖墩墩的一个中年男子。那天下午他刚从食堂打开水回来，校长对他招呼说："来，你也来。"

这是一张黑白照片，也是时光沉淀的颜色。记得照相的那天下午，县城江边的校园里，蝉鸣荫浓。上午放学后，班主任老师在黑板前宣布，下午第二堂课下课后，拍毕业照。老师宣布这个消息后，我的心一收一缩，朝夕相处的同学们，就要一起告别校园，告别我们在一起哭哭笑笑、任性而真诚、紧张而散漫的高中时光。对大多数同学来说，是告别一生中的学生时代，从今以后，有人上大学深造，有人就要拿起镰刀割麦、抡起斧头劈柴、进工厂拧紧一颗颗螺丝帽……至于春暖花开环游世界，那毕竟是一个绚烂的梦。我现实中的家，在高高山冈下低矮的瓦屋里。

照片上的五十多个人，只有校长、图书管理员面露和蔼的笑容，其余的人，要么面无表情，要么面带哭相，还有忧郁、沉思、严肃……一些女生拍完照片后，抱在一起，轻轻地啜泣。

我看着当年的自己，是属于面带忧郁的乡下学生形象。当时，对马上就要面临的高考，我充满了紧张，也没有底气，因为偏科严重，我对三角形、矩形以及所有带数字的题都头痛。但对语言，我是一个游刃有余解牛的少年庖丁，这我得感激我的语文老师，他是我走进语文殿堂的领路人。

三十三年过去了，这张照片被我无数次翻看、抚摩。其间，我们也举办了好几次同学会。当年照片上的同学，各自经历了形形色色的人生路。他们的面相，在岁月的天光地气中已发生了太多改变。有一年同学会，我突然想拜访语文老师，却得知他已于两年前患肝癌走了。

去年的高中同学会，我们已经回不了母校的原址，因为修建水利工程，母校已在滔滔江水之下。一群同学在江边，听着罗大佑的《光阴的故事》："春天的花开秋天的风，以及冬天的落阳……流水它带走光阴的故事，改变了一个人……"突然有人抱头大哭起来。

光阴的故事，书写在我们各自的人生中。关于毕业照上你的记忆还停留在当年。在岁月的河流上，好想来一次逆流而返的刻舟求剑，再望一望当年那纯真美好的花样年华。

余生，为你开道

◎王月冰

一

早晨读书，读到严歌苓的一篇文章，里面有这样一段话：

"妈妈是个那么健壮的人，一副爽脾气，怎么可能患这样可怕的病呢？每次回去探望她，她总是不容分说地拾起（扛起、背起）我的所有行囊，在拥挤的人群里给我开道……"

读到这里，我的眼泪哗就流了下来，因为妈妈这样开道的场景，太熟悉、太亲切。我的妈妈，也曾无数次这样为我开道。

二

毕业后我去了南京工作。有一年冬天，妈妈从家乡千里迢迢来看我。

那时家乡没有直达南京的火车，最直接的方式是坐长途汽车，但姐姐和弟弟觉得这样不安全，因此劝妈妈不要长途跋涉了。但妈妈坚持要来，她的原话是："你们让我去看看她生活的样子，看完后即使我立刻就死也算可以瞑目了。"

那时我租住在南京长江大桥下的一个老旧小区里，白天我去上班，妈妈独自待在门窗紧闭的家中帮我做家务。她听不懂南京话，普通话也听不太明白，因此显得有些紧张，不愿与人打交道，虽然小区花园里到处坐着和她年龄相仿的老人。

周末，妈妈说我床上垫的被子太薄，问周围是否有弹棉花的。我想起一位同事辞职回老家前曾送过我两床老棉花被，说是从新疆来的棉花，重新弹一下做垫被特别好。

小区外的菜市场有弹棉花的，我们弹好后正好是买菜高峰期。一床十几斤的笨重棉花胎，店主递到我手中，妈妈却一把夺了去，朝我说："你跟在我后面走！"她是觉得，我穿得那么光鲜时尚，抱着这老式棉花胎，肯定会觉得难为情，因此一定要替我扛下这个包袱。

妈妈扛着它，大步流星地穿过熙攘买菜的人群，跨过一个个摊位，走在前面给我开道，此时，她好像一点也不因为环境陌生而紧张了。我几分羞涩地跟在她后面，看着她有些滑稽的身影，瘦小却有力量，只觉得心里很暖。

直到家门口，妈妈才回过头来看我，刚才在路上她担心棉花胎丑到我，故意不与我说一句话，仿佛我是高大上的白领精英，而她是谁家卑微的女佣。

直到现在，只要看到棉花胎，我总会不由自主想起多年前在南京，妈妈扛着笨大的棉花胎为我开道的身影。

三

从小，我与爸爸的交流就很少，我甚至不觉得他有多爱我们。

我考上大学，他主动提出送我，我不同意，但他还是要送，还准备了一年也难得穿一次的白衬衫。长长的车程里，我们几乎零交流。

走在大学校园里，长年耕于农田的爸爸显得土气而笨拙，但在报名、交钱等流程中，他总是在拥挤推搡的人群里用充满农作印记的粗糙手臂为我开道，那一刻，我平生第一次相信"女儿是爸爸的公主"。

去年腊月，父亲大病一场。在医院急诊室待了一天一夜，第二天黄昏时重症监护室（ICU）才有床位空出来。我和姐姐在寒风中推着他的病床往ICU病房走，路上人来人往，我们推得十分费力。躺在病床上的爸爸突然费力地提醒我们："你们让我的床走在前面开路，你们走我床后。"我和姐姐相视无语，此刻，这个即将要进ICU的老人，还在想着用他的病床替我们开路。

只要活着，哪怕只剩最后一口气，我们的父母也会想着怎样尽可能减少我们人生的阻力。

四

几年前的春天，外婆去世，送葬的路上，我们一帮小辈急匆匆地走在灵柩前面，管事的一位大爷生气地大声提醒我们："要慢慢地走，不要你们开道，只需要你们表达恋恋不舍。"

后来我公公去世，晚辈们也是急匆匆在灵柩前跑，同样有乡人大声提醒："慢慢地走，要依依不舍。"

是的，即使在最后时刻，替子女开道、保驾护航一辈子的老人，他们索求的，也不过只是一份不舍和依恋的感情。

有人说，衰老，是从父母离去的那一刻才真正开始的。在老一辈人的规矩里，父母在的人，即使已到古稀，也是不能说自己老的。为何不老？因为还有人在前面给你开道，即使体力不支、心力不足，但那份念想和爱，从不曾减弱。

栖寒于心，向暖而生

◎石　兵

　　每当秋凉袭来的时刻，便会对温暖有更深刻的感触，或许，是因为积聚许久的暖被突如其来的凉风瞬间吹散吧，它们散乱如荒野中的余烬，星星点点，转瞬即逝，甚至来不及烙刻在彼此的记忆里。

　　有一些人也如那些散落的暖一般，彼此依偎时不觉亲切，有朝一日消逝而去才会感念彼此的珍贵与无法超越。

　　凯是我求学时的铁杆兄弟，大学四年，我们一起哭一起笑，一起打球一起唱歌，一起恋爱又一起失恋，我们见证了彼此的稚嫩与成长，也与对方一同分享了最宝贵的青春时光。可是，在毕业前夕，我们却因为一件事选择了疏离彼此，甚至没有好好地道一次别。

　　一直到毕业许久之后，我在收拾旧书时才发现了那支让我们产生隔阂的钢笔，在那个瞬间，某些逝去的往事突然涌上了心头，让我禁不住痛哭流涕起来。

　　那支钢笔的意义非同寻常，它是我与凯都非常崇敬的一位作家送给我的。那时，我与凯都是文学青年，会写几首稚嫩的小诗，我们鼓起勇气把小诗寄给作家，凯的诗石沉大海，我却意外收到了对方的回信，作家对我大加赞赏，并赠送了我一支精美的钢笔。

后来，我写出了很多文章，并开始四处发表，我用稿费请凯吃饭，凯表面上很快乐，可神色中却总有一些不自然，我知道他是因为没有发表过一篇文章，心中有着掩不住的失落。但或许是少年心性吧，每当看到凯神情失落，我便有了更多的得意，因为几乎每一个方面我都不如凯，只有这一点让我隐隐有了炫耀的资本。

令我没有想到的是，毕业前，凯希望我把那支钢笔送给他。他说："我的文学梦放下了，但是希望最好的兄弟能坚持下去，毕业后天各一方，看到钢笔就如同看到你了。"凯说得情真意切，我却毫不犹豫地回绝了他。我说："只有看到这支钢笔，我才能在文思枯竭时有继续写作的勇气，所以，钢笔不能送你。"

听了我的话，凯的神情有些黯淡，但很快就恢复了正常。他说："那就算了。"

我另送了一支钢笔给凯，价钱很贵也很精致，接过钢笔，凯虽然说了声"谢谢"，神情中却没有多少惊喜。

毕业前一天，我突然发现，作家送我的钢笔不见了，我找遍角角落落依然一无所获，却意外发现自己送给凯的钢笔正躲在我的书桌抽屉里。我恍然大悟，一定是凯拿走了钢笔，又还了我另外一支钢笔，他一定是嫉妒我，对我不满，因为，这四年来，这是我第一次拒绝他的请求。

面对我的质问，凯睁大双眼一脸无辜，他说没有拿钢笔，至于另一支钢笔是因为有些质量问题希望我拿去调换一下，看我不在就顺手放在了书桌抽屉里。可是，凯的解释在我眼前显得苍白无力，我已听不进他的任何话语。

　　不欢而散之后，我没有再和凯说过一句话，毕业后甚至没有留下彼此的通信地址。

　　一直到很久以后，当我发现了那支丢失的钢笔，鼓起勇气拨打凯的手机，却出乎意料地得到了"您拨打的电话已停机"的提示。是呀，已经离开了那座城市，为什么还要保留一个陈旧的手机号呢？

　　我通过其他同学打听凯，得知他回故乡没多久就去了别的地方工作，没有留下任何联系方式。我悔恨万分，知道再找到凯的概率已经很小了，就连说一声"对不起"的机会都没有了。

　　直到今天，我依然没有凯的消息，只是，每当夏去秋来，一颗心栖于寒凉之中，我都会想起在这个季节与我告别的凯，都会有着一份向暖而生的念想，或许，对我而言，凯就像是青春时光中那些不经意间被我散落丢弃的星星暖意吧，亲切又遥远，脆弱而易逝。每当想起凯，想起那些失落与遗憾，欢乐与忧郁，我就会默默告诉自己，未来一定要谨记，要做一个向暖而生的人，远离那些阴暗处充满怀疑的寒风，用彼此的信任与光照亮对方，也给自己一个拥抱温暖的机会。

父母的那场"表演"

◎陈明龙

那一年，我十六岁，面临着人生第一次真正的抉择。

少年的我，有点儿小聪明，但更多的是叛逆，脑袋里满是兄弟义气，整天戳东捣西，和一帮不学习的小子厮混在一起。自然，初中三年是没有认真读过书的，但凭着那点儿小聪明，成绩在那个乡下中学倒也不是最差的。中考结束后，我的成绩可以上个普通高中，但离重点高中的门槛还有相当大的差距。填志愿的前一天晚上，爸妈让我表个态，要么就不上高中了，学个汽车修理啥的也可以混口饭吃；要么就好好上学，砸锅卖铁也要上个重点高中，以后考个大学，才能有个好出路。虽然懵懂，但对美好的向往还是让我选择了第二条路。

第二条路的选定，随之带来的就是择校费的难题，鉴于我当时的成绩，得额外缴纳一千二百元才能进重点高中，说实话，这对当时的农村家庭来说可以算得上是个天文数字，为了这个，父母整天愁眉苦脸，我更是惴惴不安。很快，开学的时间到了，别的学生都已经去报名了，但我却还待在家里，看着父母频繁地出门借钱和每次回来锁得更紧的眉头，对过往的悔意不断地在心里萌生发酵膨胀，少年不识愁滋味的我，第一次对人生有了真正意义上的思考。然而，就在我萌生退意，准备放弃继续上学的念头的那个晚上，父母却跟我说学费终于凑齐了。

永远忘不了那个场景：在通往学校的乡村公路上，父亲骑着破旧的二八自行车，后座左边挂个木箱，右边挂着半袋大米，在偶尔路过的汽车掀起的飞扬的尘土中，半蹲半坐在自行车后座上的我，看着父亲略显佝偻和苍老的背影，泪水伴着自行车的颠簸不断地溢出眼眶，又在初秋的风中化为坚强和成长。陪我办完入学手续，父亲要回去了，在父亲复杂的眼神中，我知道父亲有很多话想说，但父亲却什么也没有说，只留下一句"你也大了，要照顾好自己"。看着渐行渐远的父亲，破旧自行车叮叮当当远去的声响，化作我心中莫名的念想。

坐在陌生的教室里，看着陌生的同学和老师，面对全班倒数第一全年级倒数第二的入学成绩排名，无力、无助、无望压得我喘不过气来。我知道，除非我拼了，否则我就完了。于是，曾经不爱学习的我启动了朝五晚十二的疯狂模式，底子浅薄的我紧抓着死记硬背的救命稻草，在教室不引人注意的最后一个座位上，期望在枯坐中完成自我救赎。天道酬勤，高一第一学期结束的时候，我的成绩已经能够挤进班级前二十了，基于我的进步与经济困难的考量，班主任还帮我申请到一份贫困生补助。

从来都没有那么渴望见到父母，当我风尘仆仆赶到家的时候，天已经黑了。顾不上其他，急不可耐的我立即向父母报告了成绩，看着昏暗的灯光下那两张绽满惊喜的脸庞，我迅速被幸福包围，热情更被点燃，赶紧地又将贫困生补助的事情托出，本以为父母会更加开心，却不想父母的惊喜迅速黯淡下去，让我愣在当场。看着我不解的表情，父亲眉头紧皱，道了句："儿哪，补助只能说明你爸妈没本事呀！"那一刻，我才明白，对施舍的坦然接受，竟是一种触及灵魂的伤害。那一夜，我想了很多，原来，真正的立是自立，真正的强是自强，而这一切需要我更加疯狂地去努力。

时间就似以手掬水，再怎么并紧手指也不能阻挡它的流逝，我只能在有限的时间里疯魔般地去做该做的事情。平时，我在学习中很执着，并且不停地放着我肯定能考上大学的狠话，因为我知道，只有把自己逼入绝境，才能置之死地而后生；假期，我在工地上拼命，因为六元一天的工资可以解决自己一个星期的生活费，我不想因为我，让父母更加沉重。伴随着双手逐渐布满茧子、身体变得黝黑健壮，我的学习成绩也稳步提高，直到走出高考考场的那一刹那，我终于可以深深地舒口气了。

当意料之中的大学录取通知书送达手中的时候，我发现自己竟然没有太多的激动，反而更多的是一种释然，还掺杂着一丝惴惴不安，因为通知书上明确写着每年的学费两千四百元。看着父母捧着录取通知书欣喜若狂，我真的很开心，但我还是提出明天就去工地打工的计划。父亲看看母亲，再看看我，哈哈笑道："不去了，这三年可把我憋坏了，儿子，你真以为我和你妈就那么没用，连你的学费都挣不来，以前那样，还不是怕你跟初中一样，整天昏头昏脑不知所为。”一时间，我愣在原地，心中五味杂陈，委屈也好，感动也罢，都随着眼泪肆无忌惮地喷涌而出。

"我儿子终于长大了。"父亲搂着我，口中喃喃道。

如今，父亲早已远行，母亲亦银丝满头，每于寂静处想起高中那段生活，心中总是酸酸的，暖暖的。

迁 徙

◎安 宁

　　我常常想，我为什么会从山东行至内蒙古，并定居在北疆这片大地？在此之前，平原长大的我，从未想过会与草原产生交集。我并不是一个喜欢四处旅行的人，大部分时间，我都宅在房间里，读书或者写作。但我却一直走到这么远的地方，体验了零下三四十摄氏度的高寒和夏日草原上万马奔腾的辽阔。我想了很久，最后，将其归之于命运。

　　人类当然没有鸟儿自由，可以无牵无挂地从漫天大雪的北方飞往春意盎然的南方。我们背负了太多的责任与压力，生命中那些理想的去处，到最后，常常成了虚无缥缈的空想。我们囿于一处，如果不是神秘的命运之手在身后推动，前往陌生之地定居，或许，迁徙就成了一件拿不起，更放不下的大事。我常常庆幸，大多数时候，我都能坦然面对生命中的变动。从泰山脚下，行至孔子故里，再至孟子居处，而后至泉水之城，皇城根下，又因偶然事件，定居塞外之城，并因家人关系，每年都前往呼伦贝尔草原。我不是一个记性太好的人，那些因为旅行而路过的城市，并不能浸润我的灵魂。它们常常以浮光掠影、转瞬即逝的模糊印记，从我的生命中消失。唯有最少一年以上的定居，某地的风土人情，才会植入我的记忆，并最终成为我生命中的一部分。

　　人类的迁徙，总是伴随着不停舍弃的悲伤。从一个家园，前往另一个居所，在迁徙之中，我们所历经的那些人、那些事，还有结识的那些生命，一株花、一棵树、一只小狗，都以记忆的方式，汇入生命的河流。有些人走了，有些村庄旧了，有些居处物是人非，每一点变动，都冲刷着我们与过去丝丝缕缕的牵连，到最后，原本忘记的一切，又重新回到面前。

　　我对每一个经过的地方，都深怀着爱，从始至终。我对每一个擦肩而过的人，也都保持着眷恋，不管我们渐渐疏离，还是终成陌路。我珍藏它们，犹如珍藏那些闪亮的细节，素常的问候，或者一声温暖的晚安。

　　我们在这个世界上，所有饱含着温度的记忆，都一定与一段生活有关。浮光掠影的旅行，只会如草茎上的露珠，日光一出，便瞬间蒸发。我记得一个朋友，在深夜里，因旧日伤口隐隐作痛，而忽生绝望。我什么也不说，只悄无声息地陪着，似乎这样，隔着遥远的距离，我便能够帮朋友分担那些人生中无法对抗的虚无。我还记得一只流浪的小狗，它被车轧断了右腿，我抱它回家，帮它包扎伤口，并用一个星期的时间，慢慢等它康复。后来，它不知跟什么人走掉了，但我却永远记得它向我求助时，那哀伤无助的眼神。是那样的哀伤，让我的一小段生命，自此有了它的参与。而少年时庭院里的高大梧桐，则一直将绿荫遮蔽了我整个的青春。关于梧桐，我所能回忆起的，全是有蛐蛐鸣叫的夏日夜晚，我躺在席子上，透过阔大的梧桐树叶，注视着叶隙间闪烁的星光。我一直幻想着，其中的某一颗星星，会滑落下来，悄无声息地载起我，飞往神秘的太空。这样的幻想，总是可以让我忘记很多尘世的烦恼，譬如父母的打骂、家庭的困窘，或者大人间无休无止的争吵。我借由这样虚幻的出逃，一天天成长，一直到离开故乡，迁徙多地，并终能自由飞翔。

我热爱不停息地迁徙，大约是源于少年时种种的惶恐与惊惧。我一直觉得，走过许多地方的人，都有一颗慈悲宽容的心。人生的变动与转折，并没有让他们变得脆弱、阴郁，或者冷漠。那些行程中的山川、河流、植物、过客，在某一个夜晚的回忆中，散发出温润的光泽。所有的悲欢，也富有生命的起伏。你只需安静地面对，生命便具有了存在的温度。

就像此刻，我安静地写下这些文字。

渴望温暖

◎刘思源

我们总在渴望温暖。

当夜幕笼罩，我们无助地蜷缩着，渴望太阳投来温暖的阳光；当雨雪降临，我们瑟瑟发抖，渴望火炉赐予温暖的火光。

可是，"太阳虽暖不当衣，墙上画马人难骑"，一切外来的凭借总会有枯竭的一天，唯有内心的温暖强大才足以让自己焕发永久的青春活力，融化体内的一切寒冰。

"疲倦的双眼带着期望，今天只有残留的躯壳迎接光辉岁月。"还记得黄家驹的这首《光辉岁月》吗？每每听到这首歌，心中总会泛起阵阵暖意，因为这唱出了南非黑人领袖曼德拉的一生。

牢狱中冰冷的墙面冻不住他澎湃的血液，周围人的冷言冷语浇不灭他激昂的斗志，一次次的失败曲折始终无法将他心中的火把熄灭，就算一切都事与愿违，就算人人都与他唱反调，那又怎样？只要自己的心中有不灭的火光，牢笼依然可以充满鸟语花香。

正如毕淑敏所言："优等的心，不必华丽，但必须坚固。"我们必须懂得，就算周围环境冷得滴水成冰，它也无法侵蚀一颗滚烫的心，在这颗心的带动下，全身的每一个毛孔都可以散发出热量，这足以让我们温暖起来，如这般，何惧严寒！

荷叶点点，莲花池中仿佛可以听见林徽因掷地有声的话语："如果我的心是一朵莲花，正中擎出一支点亮的蜡，荧荧虽则是那一剪光，我也要它骄傲地捧出辉煌。"

蜡烛的光确实是微弱而不堪一击的，但是它给予蜡烛的影子的长度却比它本身要长上好几倍。这足以说明，自身的强大总比外来的一切给予要有效得多。

踩过碱滩和礁石，林徽因骄傲地站在了灵魂的最高处，高处不胜寒，但是心中温暖的蜡烛一直在燃烧着并照耀她前行。即使战火纷飞，不得不亡命天涯，她却从未放弃，坐以待毙，她用自己手中的笔，写尽了千山万水，更让自己的心营造出了一个温暖天堂。冰冷的淤泥、刺骨的寒风又能奈她何？温暖来自心中。

古语云："自助者天助。"

真正的温暖，不是外在的，而是内在的。在寒冷面前，智者会用心中的火把去驱赶寒冷，保持每一寸肌肤都热血澎湃，即使再冷也不会冻住澎湃的心。

走得再远也要回家

◎王国梁

人就像鸟一样，在安适的巢里成长到羽翼丰满，就开始满世界飞。它们穿越沧海，飞过万水千山，累了就找个地方歇歇脚，空中留下鸟儿流浪的行踪，树上留有它们栖息的脚印。它们有时乘风而飞，有时逆风而上，朝着心中的目标飞去。

"燕子归来寻旧垒"，鸟儿飞得再远，也忘不了旧巢。人也一样，走得再远，心中也惦念着故乡。

"胡马依北风，越鸟巢南枝"，鸟儿无论在什么地方，都会时刻想念自己起飞的地方。鸟犹如此，人更甚之。人虽然没有翅膀，但可以抵达鸟儿都不能抵达的远方；人虽然不能飞翔，但没有什么能阻止梦想的起飞。我们有了一定的力量之后，就离开了那个叫作家的地方，走向天涯，走向海角。我们用双脚丈量着生命的意义，拓展生命的半径，丰富生命的内涵……我们远离家园，走向远方。但是，我们走得再远，最终也要回家。

人的一生，其实是在画一个圆。我们辗转漂泊在外，跟随着生活的脚步，追逐着梦想的方向，东西南北走了个遍，最终还是要回到生命启程的地方。去远方，是为了更好地回归。

我的周围，有很多漂着的人。他们远离故土，在异乡的天空下努力打拼。有些人经常说，再奋斗几年，就回老家，把家里的房子翻盖一新，然后守着祖祖辈辈留下的一方土地，过一种简单纯粹的生活。中国人都有"落叶归根"的情结，我们都希望奋斗之后，有一天能够荣归故里。

我们在外面的世界经过一番锻打和锤炼，终于脱胎换骨，成为一个强大而有力量的人，人生的抱负也最终实现。这时候，我们都希望披一身光环回到家乡，告诉这片熟悉的土地上熟悉的人，我没有辜负自己，没有虚度人生，我为故乡添了一抹亮色。在外打拼时，谁不是做出坚不可摧的样子？我们努力要赢，要给自己一个满意的人生。或许你曾经呼风唤雨，曾经扭转乾坤，曾经稳操胜券，但那些过眼的辉煌是短暂的。回到家，你还是原来的你，一切都未曾改变。

走得再远，也要回家。家，不仅仅是一方屋檐和几间房子那么简单。家，更是我们的精神家园。精神家园，是人最依恋和依赖的地方。只有在家里，我们的一颗心才可以安定下来，放松下来。家，既可以容纳我们的荣耀和辉煌，也可以收留我们的失意和落寞。或许，你远走天涯，最终却两手空空归来，除了一身疲惫和满心伤痛，你一无所获。回归的列车都载不动你的疲惫和失落，但家可以包容你的一切。你回到家，抖落掉一身风尘，坐在熟悉的屋檐下打量着属于你的一切，会立即感觉到，远方那些驿站只是经过的风景而已，只有这里才是你最终的归宿。家，安抚你的忧伤，给你归属感，让你觉得世界再大、人生再难，有这样一个家，就可以遮蔽所有的风雨。

　　落叶归根，在外漂着的人，谁不是一片叶子？我们走过了人生四季，经历了岁月变迁，就是为了回到那个叫作家的地方。家，温暖踏实，宽厚包容，永远像慈母一般接纳你。家，是我们永远的精神城堡。谁没有经历过千回百转的旅程？坎坎坷坷，千山万壑；浮浮沉沉，江河湖海；远远近近，码头驿站；停停走走，漫漫长途……我们就是这样走来的。走到最后，终要回归。兜兜转转，回到家园。

娘的面罗

◎董国宾

从岁月里走出来，再回到岁月中，我就想起了面罗。

面罗是娘的面罗，娘拿锄头和镰刀的手一从庄稼地里闲下来，就拿上了面罗。娘的手老是闲不下来，正如娘的脚板，一辈子都在一条路上往返。从晨露闪着晶莹，到半月挂上梢头，娘都没有止住过往复的脚步。

我家的面罗的大部分时光流水一样走掉了，惯常的日子是在西屋的一面矮墙上挂着，像个不言不语的小娃儿，耐着性子等待娘的召唤。那天，娘锄完一大块儿庄稼地，热辣辣的太阳开始西垂，娘顶着烈日一回到家，西屋墙壁上的面罗就被娘用双手捧下来。炎夏里，娘开始筛罗了。

灵巧的娘没把细罗从墙壁上取下来，最开始拿在手里的是一个粗罗。粗罗娘用得比细罗多，只是娘使用细罗的时候，心思好像全都拴在里面了。娘把粗罗拿在手里，下面放一个盛面粉的大木盆，巧手的娘舀来一瓢事先用石磨碾碎的玉米，粗罗的罗面上就摊出一片。碾碎的玉米堆积了小半缸，粗糙的玉米碎皮盈黄盈黄地散浮在上面，小锅盖一般大小的粗罗在娘手里匀速晃动起来，娘还会扭一下头，不时朝玉米缸递一个眼神。黄灿灿的面粉自粗罗罗面唰唰而落，过滤掉的玉米碎皮娘则小心地放进旁边的面袋里。矮屋子里，空气散发着热气，娘抹去额头上的汗水，一下一下不声不响地继续筛面。小半缸碾碎的玉米终于筛完了，娘就将大木盆里的玉米面粉收拾好，西墙上的细罗又拿在了娘的手里。

细罗等来属于自己的日子了，娘双手紧紧握住细罗，一晃一晃又开始筛面。我家的细罗闲置了一天又一天，在西墙走掉的光阴里，门前的枝叶枯掉又长出了新绿，娘的手都没有去拿细罗筛面。但娘时常会念及细罗，念及用细罗筛面的美好时光，想着想着娘就走到西墙根，站在那里两眼瞪得发直，忍不住便将细罗捧在手中瞅了再瞅。一阵微笑过后，娘径直走向赖以养家的土地。

细罗在娘手上抖动着，像是抖动在心尖上，一下一下，有节奏晃动的罗面又开始筛面了。娘攥紧手掌轻轻前移罗架，罗面也跟着朝前走。娘又把罗架收回来，罗面又回到娘跟前。白花花的细面像细雨，纷纷飘落在木盆里，娘赶紧把筛好的细面收好，刚筛出一点，娘就收一次。筛罗的日子里，娘很少使用细罗，但每次细罗晃动的分分秒秒里，娘都十分用心。那时的年月，土地贫瘠，粮食产量低，可以磨成白面的小麦收成少得更是可怜，我家总以粗粮做成的玉米饼、黑窝窝头糊口，日子好一点了，娘才在饼子里掺入一点小麦粉。一阵筛罗过后，雪白的细面粉全筛好了，娘就装进一个小口袋，小口袋上面虽然瘪出一半，娘却特开心，脸上也挂了一丝不易察觉的笑容和轻快。

粗罗和细罗复归西墙，这是娘的面罗，也是娘的影子，是巧手的娘亲手编制，亲手打磨时光的生活工具。那时还没有磨面机，娘用石磨磨出的带麸皮的面粉都要经过面罗罗筛，闲不住的娘就用柳木和尼龙纱面仔仔细细地亲手制作了粗罗和细罗。娘做成的面罗有粗细之分，粗罗用来筛玉米、高粱等粗粮面，细罗用以筛麦子粉，但一年到头用不了几次。

晚霞洒满了零散的村舍，我家低矮的厨房上空，一道道白色的炊烟悠悠升上天际，娘筛好了玉米粉和细麦面，下厨房开始做晚饭了。简单的饭菜端上餐桌，矮小的我端坐在小板凳上，一眼看到白面饼便眉开眼笑。这久未入口的白面饼又香又筋道，我吃上一口就瞧一眼娘，娘吃得比我还香呢。娘说，黄灿灿的玉米饼最合娘的胃口，娘吃多了才有力气干活呢。

后来，我家西墙上不见了粗罗和细罗，磨面粉的石磨也不知去了哪里，隆隆响的打面机忽然出现在我家的生活中。又一年，打面机里出来的全是没有一点麸皮的精面粉，白得像雪。再一年，包水饺的特精面粉又走到我家的餐桌上。再后来，黑瘦瘦的粗面窝窝头，又重新出现在我家的饭筐里，与当年娘做的一模一样，或许我又想到了当年娘的影子，想起了岁月中抹不掉的娘的面罗。

面罗是娘的面罗，是娘不停歇的田间劳作，更是娘的呵护与疼爱，还是刻在我心头的一段永不老去的时光和记忆。

花 解 语

◎安意若兮

　　每种花都有自己的寓意，比如玫瑰象征爱情，莲花象征高洁，梅花象征坚贞。所谓花语，就是人们主观地赋予花的含义。

　　楼下有个女人，和我年龄相仿。有一次，见她穿着一件短衫，很漂亮。那是一件玉色的、棉麻料的上衣，有着细细密密的褶皱，而最吸引我的便是正面右侧的那朵水墨的荷花。花瓣是暗暗的粉，叶子也是暗暗的翠，是水墨画应该有的感觉。可那花并没有因为是画在衣服上而失了韵味，反而有一种呼之欲出的鲜活感。

　　因为比较熟悉，我就说这件衣服真好看，尤其是那荷花，有了它，衣服就有了灵魂。可是，她的回答让我很吃惊。

　　原来，这只是一件普通的棉麻上衣，因为弄上污渍洗不干净，她又特别喜欢这件上衣，于是她那学美术的朋友就在污渍处画了朵荷花。她说这话时，脸上挂着浅浅的笑，就像是那朵盛开在衣服上的荷花。

　　是一朵荷花，撑起了一件衣服的灵魂，还是原本这就是一件有灵魂的衣服，荷花只是画龙点睛而已？我想，这两者都有可能吧。更重要的是，荷花与这片玉色邂逅，相得益彰。

这让我想起自己曾经有一件特别喜欢的上衣，可是不小心破了个洞，于是我就找了一个特别擅长刺绣的裁缝，为我在那处绣了朵梅花瓣。也不知道是那个裁缝的手艺好，还是我天生就热爱这些绣花类的东西，我觉得那梅花简直就像是锦上添花，一点都不显得突兀和多余。

有些东西，就像这衣服一样，如果底子不坏，就不需要裁剪，修补一下，依旧很吸引人。就像是坍圮的墙角，如果能够长出一棵花，哪怕只是一棵牵牛花，也是风景这边独好。

当然，也并不是所有东西都是这样。

我不太会养花，家里的花，基本上都是我养死的。曾养过一盆马蹄莲。这花呀，没有耐性，刚来到家里，就没命地疯长，好像是要同家里的其他花争宠似的。所谓盛极必衰，结果这马蹄莲在一周之后便开始垂头丧气，像极了失宠的妃子，独自躲在角落暗自神伤。看着它枯黄的样子，真难受，于是我便挥起剪刀，将它枯败的枝叶剪得干干净净。为此，家人还责怪我。

我说，反正都死了，留着也没什么用，看着徒增烦恼。于是，我就将那个"空花盆"放在阳台的角落。

今天早上，我在浇花的时候，不经意间看到那个花盆里居然有两个拇指大小的芽！仔细一看，竟然是还未舒展开的马蹄莲的嫩叶。因为刚从泥土中钻出来，嫩芽绿中透着微黄，还带着些许的泥土。我在用小铲子为它松土的时候，碰到了一大块硬硬的东西，那就是马蹄莲的根。

只要根还活得好好的，那些已经枯死的枝叶大可以剪去，枯木逢春，大抵就是如此。所以，养花的人，要舍得把那些没有生命的枝条剪去，方守得花开。

坏掉的东西，没有生命的东西，就应该扔掉。比如过期的食物，比如一段变了质的感情。

我有一个朋友，从来不存没有用的旧物。她认为这些旧的东西，会影响人的心情。想想也不无道理，没有用的东西，却占据着自己家里的空间，还要费时间整理，真是一个巨大的工程。于是，那些没有用的东西，我也都会随时扔掉，起初还有些后悔，后来我发现，没有那些东西，生活压根不受任何影响。

扔掉旧物，就像是剪掉花的残枝，有一种旧的不去新的不来的感觉。

花解语，大概就是以花开花落、叶落叶荣来诠释自己世间的奥秘吧。

生命就如那件简单的上衣，总会有缺憾，但只要用心织补，便能开出美丽的花朵。在等待花开的时间里，也不必懊恼，因为从那裂缝中，可能会透出一缕阳光。

生命亦是一树花开，那些残枝败叶，终究会凋落。不必迟疑，也不必难过。只有勇敢放弃那些失去生命力的东西，新的东西才会充盈进来。

是以，花解语。

"老坦克"承载的幸福记忆

◎申功晶

　　20世纪80年代,老式自行车风靡城乡,试想,一阵清脆的车铃声飘过,意气风发的小伙子载着心爱的姑娘疾驰而过,那画面很是拉风。父亲和母亲结婚那年,托人弄了张自行车票,从商场扛回一辆二八大杠、漆黑锃亮的永久牌自行车,他们非常珍爱。

　　后来我出生,父亲特意在三角车架上为我做了一个三面围栏的"宝宝椅",成了我的"专座"。那个眉目如画、清秀可人的小孩曾引来无数路人关注的目光,父亲心里美滋滋的。

　　父亲经常骑车带我去城北郊区看绿皮火车轰隆隆开过,我双手抓着车前把,时不时顽皮得用头顶着他的下颌。父亲能一心两用,一边不停地给我细数苏州八大城门的故事和每一条街巷的典故出处,一边眼观六路耳听八方,避过路上数不清的车辆行人和坑坑洼洼。

　　两个车轮从金门、盘门、相门、娄门、胥门、阊门……一座座厚实的城楼下穿梭而过,给我印象颇为深刻的莫过于胥门,那里曾是伍子胥含冤之地,每听至此,我都不由得握紧小拳头,眼眶里噙满了泪花。

　　到了夜间,清脆的自行车铃声就在曲折幽暗的弄堂里回响起来，我们一家三口刚从母亲的工厂浴室洗完澡出来，父亲载着我们母女，前座是我，后座是母亲，如肩挑扁担般，一人挑起了他珍爱的我们。

直到某一天，父亲骑着骑着，说："哎哟，你挡着我，看不见前面了！"于是，父亲在自行车后座接了一块结实的木板，我从前座搬到了后座，这是一个历史性的转折。

自此，父亲骑着自行车，后面坐着睡眼惺忪的我，背上背着一个大书包，开始了十几年的"求学征程"。狂风暴雨下，父亲骑着自行车穿破雨幕疾驰，雨太大，他就推着车，艰难地在雨中行走，走着走着，眼前渐渐蒙眬一片。烈日炎炎中，父亲驮着我上补习班，汗水湿透了他的衣衫。父亲身子骨弱，有高血压，我怕他中暑，拿出随身所带的矿泉水硬逼着他喝，看他仰起脖子"咕咚咕咚"喝下大半瓶，才目送他离开，那渐行渐远的背影看得我鼻子一阵阵发酸。冰天雪地里，父亲伛偻着背，顶着凛冽刺骨的寒风"吱嘎吱嘎"踩着踏板，眉毛胡子一片白，他却自嘲是"圣诞老人"。可无论天气如何恶劣，父亲都会坚持按时把我送到目的地，从未有过迟到。

这样的一幕幕埋在我脑海深处，车座上，承载着的正是天底下所有父亲对子女那沉甸甸的希冀。

我去参加高考的三天里，父亲坚持要用他那辆已经不再年轻的自行车送我去考点，我着实拗不过他。

一路上，我看到我的同学，他们的父亲开着私家车从我身边擦过，我摸着父亲的背，不觉吟咏出："竹杖芒鞋轻胜马，谁怕？一蓑烟雨任平生。"

到了考场门口，我故作淡定地笑道："爸，回去吧，没事的！"快到教室门口，一扭头，却发现父亲推着自行车站在一个角落里正伸长脖子、心神不宁地张望，和那破旧的"老伙计"互相陪伴。我冲他挥了挥手，做了一个胜利的手势。他紧张地看着我，半张着口，似乎有什么要嘱咐，他的背有点佝偻，灼灼日光侵蚀着他原本就不高大的身躯。

待我大学毕业，走上了工作岗位，我以为我和自行车后面的座位诀别了，但有一天，我突然发起高烧，请不了假，只能抱病上班，可单位地处一条冷僻的街巷里，没有直达公交，于是，病恹恹的我再次坐到了车后座上。父亲推着我，我看到了那若隐若现的白发、手臂上暴露突起的青筋和愈发明显深刻的皱纹。

后来，父亲退休了，即便外出也多用老年卡乘坐公交，他的"老伙计"蜷缩在车库角落里，失去了昔日的风采。车库不大，母亲老嫌它占地方，多次劝父亲处理掉，可父亲却始终笑而不语。

我看着锈迹斑斑的车身，它仿佛日渐衰老的父亲脸上的皱纹，这位忠诚的"老伙计"，像老黄牛一样任劳任怨，载着我们全家人风里来雨里去整整三十多个春秋。

时代在前进，交通工具也是"长江后浪推前浪"，高品质轿车层出不穷，但我最为惦念的还是那辆与我几乎同龄的

"老坦克"，至今，它仍时不时出现在我的梦境里：母亲坐在后面，我坐在前面，父亲把车轮子蹬得飞快，那时的父亲正值盛年，"老坦克"亦青春年少，他们这一对好兄弟似乎永远不知疲倦……

在我内心深处，父亲的那辆"老坦克"最坚固、最宝贵，也最为永久。

第四部分

老地方等雨

时光的深处和浅处

◎王太生

有个朋友，多日不见，想请他喝茶，打电话时才发现我们分处不同的空间：我抱臂站在城市透明落地窗前，朋友抱膝坐在山中古宅的青石阶上看风景。如果用计量来表示我们两个人在岁月中的位置与距离，那我们就分别是在时光的浅处和深处。

时光的深处，是一个偏正词组，在安静的古村、古宅、老街、老巷、深山，人恍若一条鱼，一头扎进水底。

四周都很幽静，没有人打扰，就像那个坐在墙脚根处打瞌睡的老头。只有一只过冬的鸟，停在枝头安静啄食，风吹过。

当然，不只是时光的深处有远得恰到好处的空间，时光的浅处，也有手摸得着的浮雕触感。

光线和树影从头顶上筛落下来，我们的一场旅行，不知从何时开始。

去年秋天，我在上海，17:30的陆家嘴地铁站，人群像涨潮的鸭子，浮满水面，这么热闹，是一种在时光浅处的水声哗然。

在时光的深处和浅处分别做一次旅行，人会有怎样的感受？

某年冬天，我住进一处山湖温泉。此处背倚一座低山，面前是一片连天的水，据说与三国时的大乔小乔有关，四周静得没有一声鸟鸣。

开阔的湖面，几叶扁舟，似乎仍延续旧时的方式，撒网捕鱼，出入烟波里。

一片湖连一片湖，这些汪洋恣肆的水，全在赶路，虽然默不作声，但它们心中已有归宿，是远处那一条，由西向东，生生不息的大江。

虽是这样一个僻静的所在，但来这里的人，心中并不觉得孤寂，因为想着一处水，连着一处水，平静便于江道连通，尘世就在不远处。

我在这个地方，躺了一个夜晚，做了三个梦，这些只能算是在时光的浅处与深处的交汇处。

在时光深处旅行，是骑一头驴，走进唐宋的城池。

在一幅洛阳楼宇图上看到，故国琼楼高如许，人如豆荚，他们陷在时光的深处。

我在时光浅处，古人在深处；我现在的生活在浅处，从前的日子在深处。

该如何定义深与浅？如果用若干年来比喻时间的深浅，我觉得若干年前是深处，被水淹没；若干年后是浅处，有沙曝于滩。

那时候，我还是一个文学青年，常去小城一个叫作蒋科宅第的老房子里读书。小城的图书馆就设在老宅，我借前朝乡贤的这块风水宝地，在老宅读书，偶尔会想起那个明代进士。

当然，时间的力量是强大的，就譬如若干年前，某个有能耐的人，在这个小城做了一件非常有业绩的事，若干年后也会销声匿迹。

时光的深处，是几个人，戴上金面具，在那儿跳舞。

在时光的浅处，就是在酒桌上，新结识一些朋友，虽然谈得很投机，也有共同感兴趣的话题，但毕竟在浅处。

一些人，在某个时段曾经很得意，但时间一长，这些人如过江之鲫，渐渐沉下去了，他们逍遥在浅处，消失在深处。时光越来越深，深得快找不见影了。

有些事情，像一头小狮，睡在时光深处。忽然记起，小时候，我每天早晨睡在床上吃烧饼。那时冬天早晨，外婆怕我挨冻，就买回滚热的烧饼塞在枕下，等我醒来吃。想到这些，那头小狮子又醒了。

在时光的浅处，有月下游鱼泼泼而过的水声。这种声响是动听的，它让人听到时间走过的声音。

我喜欢深处的古朴与安静，也喜欢浅处的浮华和热闹。

摆　渡

◎杨崇演

　　老家有一条小河，一条东西流动的河——熟悉、安静、亲切。河边的柳树每到春天都会抽出许多柳丝来，整个村庄总是充满着诗情画意。

　　我上小学时，要过河，没有桥，只有摆渡。渡船可坐二三十人，依次上船。船边可坐人，但摆渡时艄公不让我们坐。你在左岸，我在右岸，篙一撑，人一跳，还算相对简便。

　　如果是去五公里外的集市买卖一些物什，摆渡起来，就颇有风情和故事了。

　　常见一景：尚未等摆渡船靠岸，大家便争先恐后上船，唯恐被落下，然后再等上半天。艄公倒显得较为淡定和慈祥，总是说："不要争，慢慢来，都会载下的。"若逢下雨天，艄公还会帮忙拉一把，温馨提醒着："船板易滑，放横脚走！"好生热情。

　　艄公的住处是单间的小平房，距我家不足五百米。在我的印象里，摆渡的艄公俨然像小河的主人——五十开外，黝黑的脸庞，两眼炯炯有神，透露出坚定与执着。

　　艄公做事讲究规矩，并拥有一颗工匠心——摆渡从不超载，遇上涨大水时，任何人求他他也不摆渡；河埠头也很讲究，砌有石条，石条上锉有纹路，下雨天人们踩在上面也不滑，上下船都很方便。

艄公最大的善心，就是摆渡不收费。当然，南来北往的乡人馈送的萝卜、白菜、鸡蛋什么的，他也不会做过多的推辞，直言："笑纳了。"

摆渡船靠岸了，艄公便插了竹篙，下了船，一屁股坐在田埂上，点上一支旱烟，吧嗒吧嗒，边抽边和当地农田里的庄稼人讲上几句笑话。阳光落在人们身上，满地的菜苗秧苗什么的在笑声里一个劲儿——愣头愣脑地长。

说说笑笑的间隙里，需要过河的人三三两两地回来了。上了船，找一个位子坐下——婶婶阿姨腰板直，挎着竹篮子，迈着碎步，篮子里尽放些洗衣粉之类的日常用品，布袋子里则是新扯的衣料。汉子呢，则穿着解放鞋或拖鞋，裤脚高高卷起，粗野不堪的样子。

他们彼此熟悉，你招我一下，我呼你一声。今天镰刀卖什么价？你的豆芽卖完了没有？对方要不是得了便宜还卖乖的模样，要不就是摇着头叹气——卖不起价哩。有人跟着点头，有人陪两声叹息，一阵短暂的沉默过后或换了话题，或继续着、延伸着刚才的话题，每一个字眼、每一句话里都是烟火气息。

看看人差不多齐了，烟也抽得差不多了，艄公才丢了烟屁股回到船上，喊一声："注意安全喽！"劲一使，篙又一撑，橹又一摇，掉转船头，归去兮。只见艄公站立船头，船橹使出浑身解数，尽情撒欢，搅得水面哗哗作响，直把一个个枯燥的日子摇得水花四溅。

村里人对艄公特别敬重——他摆渡过多少货物，只有小河知道；他摆渡过多少行人，只有渡船知道；他流过多少汗，只有撑篙知道……

艄公"上班"准时，"下班"也准时，唯独拿我们这群读书郎没办法。有一次，我伙同隔壁三个学生很晚才赶到渡口。天色已暗，我们焦急地朝河对岸的那座小屋狂喊："艄公！过河啦！"没一会儿，就见一个模糊的人影出来了："孩子们，读书可要认真哪！"

花开花落，雁来雁去，艄公都一直陪伴着这条小河以及舒展开来的大河，厮守着这只渡船，像厮守着一个人生的诺言。

再后来，我去外地求学并参加工作。再后来，陆陆续续从父亲口中得知，艄公还捐献出一辈子的积蓄，在小河上造了一座漂亮的小桥。一桥飞架南北，艄公和大家的心情却并非完全一致——失乎？得乎？再后来，艄公去世了。摆渡船是什么时候上岸的，我不太清楚，父亲也记不清具体是哪一年了。上了岸的船像搁浅的鱼，无人问津，仅仅被当年"摆渡的人"偶尔提及，更多的恐怕得去等待时间的刀俎了。

人生是条河，每个人都是自己灵魂的摆渡者。莫让心灵的船搁浅在时间的沙滩。

树的影子

◎章铜胜

　　秋天，树的影子渐渐疏落了。原本一地的浓荫间，忽然就有了一些跳跃的光影，我望着那些在树荫里跳跃的奇怪光影，起初是并不太适应的。久了，心里竟如那些跳跃的光影般活泛了起来，也因此而莫名地轻松了起来。那些跳跃的光影，让我想起夏天，想起在天气晴好的夏日里，我曾一个人坐在湖边树荫下的长椅上，背对着阳光，看满湖跳跃着的光影时的感受，总觉得这样跳跃的光影，如此时疏落的树间光影，是无比欢快的。

　　我一直都不太在意树的影子，相信很多人也和我一样，并没有在意过地下的树的影子。哪怕我们曾无数地从树的影子下走过，曾无数次轻快地踩在树的影子上，那些树的影子，依然不会引起我们太多的关注。可能是从注意到树的影子开始疏落的时候，我才注意到它们的。

　　春天，空疏的树影开始变密的时候，我更在意树枝间淡淡的浅绿淡黄，看着它们一天天地变绿变浓。彼时，我更在意树枝间的花开花落，而树的影子浓淡与否，似乎与春天、与我们是没有太大的关系的，谁会在叶绿花红的春天，去注意一地疏疏密密的树影呢？而在夏天，那些树密密地遮住了一团团的阳光，它们的影子的浓与密，自然得不容我们置疑，那是容易被人们忽略的影子。仿佛，夏天就该有浓密的树影为我们遮住阳光，留下清凉。

我喜欢树的影子，可能源于我的一些奇怪的想法。俗语说："根深叶茂。"树的一半是在地上，那是它的干、枝、叶；树的另一半是在地下，那是它的庞大的根系。树的根系，是不是一棵树在地下的影子呢？或者说树的干、枝、叶是不是树的根系在地上的影子呢？可以说是，也可以说不是。我曾经注意过，在近水的岸边，或是土层很浅的山上，一棵树是难以长得很高大的，这大概和它们难以有伸展发达的根系有关，但有时候，这种情况又不尽然。或许，这种树的地上与地下部分互为影子的提法，只是我的一时呓语。

那么，一棵树会不会是风的影子呢？或者说，风将影子留在了一棵树上。这很难说。在河边、湖边，我常看见一些树的枝干是竭力向水面的方向伸展的，是风力的作用，还是阳光、水源的力量，或是空间伸展的需要，我并不清楚，只是我看着它们努力伸向水面的样子，总觉得姿势飘逸，虬枝形美，我觉得那就是一棵爱美的树想要长成的样子。我相信，风是朝着树伸展的方向吹去的，经年累月。我相信，树是追着风的方向生长的，累月经年。

去爬山，看见山谷间，或是山峰上，许多树都是欹向一侧，或是探身伸向空谷的。那样惊险奇绝，你不得不惊叹于自然的鬼斧神工，你也不得不惊叹于那些树的顽强毅力。树的影子在绝壁，在山谷，那样励志地生长成绝世的风景，令人刮目相看。

我喜欢看一些落叶树的老桩盆景，那些细而繁密的枝干，被人们刻意修剪成迎风而立的姿态，它们的每一根细枝都伸向同一个方向。在树叶尽落时，恍若看到一阵狂风从树的影子间刮过，树的影子摇动着风，也摇动着自己。

"天空上，挂着树的影子。"这句话，是我在一个冬天的早晨突然想起来的。那时候，我正迷恋着读诗和写诗，总幻想着自己会成为一位真正的诗人。成天里，总有满脑子散乱的句子、杂糅的词语、奇怪的想法，在碰撞、在拼凑，总以为这些就是诗。人生若有一段这样的时光，是值得在今后不再写诗的日子里去反复回味的。

那天，正是雪后初晴，树枝上，还挂着残雪，枝干黢黑，有点点的水珠往下滴落。我路过一片落叶树林，一抬头，就看见稀稀疏疏的树枝间的天空，蓝莹莹的。忽然就有了一种感觉，那些如网的树的枝梢网住了天空的一角，像挂在天空中一样，我移动着，转换着不同的视角，看过去，仿佛天空在树的枝梢间移动着，如清澈的蓝莹莹的水在流动一般。现在想来，我应该是惊讶于自己那天的发现的：蓝莹莹的天空，在树的影子间流动，如一条天河。或者说是：天空上，挂着树的影子。

秋天，树的影子渐渐疏落了。在树影的疏落里，有时光悄悄流淌的气息，如眼前的一截秋光，美好而又安然。

种　子

◎孙君飞

雨，是云朵洒向地面的种子吗？

雪，则是头顶上整片天空的种子吗？那么，这是多么精致玲珑、美到极致的种子呀。

用这种想法来看待事物确实有趣，而想到种子与生命的关系又总是令人感动。

因而，我会把河滩上众多的鹅卵石看作是河流的种子，树上的鸟巢呢，也称得上是这棵大树的种子，我生活着的村庄不妨说是无限山河的一粒种子，而我则是属于村庄的一粒更加细小的种子。

凡是种子皆有生命、皆存希望、皆需珍惜。

当我把鹅卵石看作河流的种子，我对待它们的态度就会改变。

我会想到鹅卵石在涌流的水波中载歌载舞的情景，它们选择这片河滩跟蒲公英选择一片泥土的道理几乎相同；我会想象它们也是有蛋壳和胚胎的，只不过孕育生命的过程极其漫长，我等待和观察的耐心永远不如一块石头，所以我很难看到一枚鹅卵石生命里最奇妙的部分及其最美好的结果。

当然可以把小鹅卵石看成是大鹅卵石生育出来的孩子，只是这太缺少想象力了，我更愿意有其他的想法。这样一来，一枚鹅卵石又会成为一颗想象力的种子。即使有人说从鹅卵石里孵出了一座童话城堡，我也不会感到荒诞不经。

想象力其实就是相信凡是事物都有生命力，一粒种子其实也是想象力的开始。种子们所做的事情最奇妙、最不可思议、最令人动容。我很难想象一粒种子后来成了一棵参天大树，我更难想象无数粒种子后来创造成就了盛大灿烂、活力勃发、美得惊人的春天——这样的春天我们拥有过许多，而且仍将拥有，只要大地有种子，我们就会永远拥有春天，就永远不会被春天抛弃和遗忘。"春风得意马蹄疾，一日看尽长安花"，长安花可以一日看尽，然而春天不能看尽、生命不能看尽、美不能看尽，这就需要用想象力贴近事物，用自己的生命体恤其他的生命，这样就能够看到更多蕴含在种子里的秘密吧。

一块儿石头在不知不觉中被包裹了一层绿生生的苔藓，这也是时光对它的体恤。时光想到了这块石头，生命也就抵达了这块石头。这块石头于是成为一颗时光的种子，拥有同样的希望和自尊，至于它最终会"生长"出什么，那是另一种秘密，或者说是想象力的事。

每一粒种子都包含着生命的秘密，连它自己也难以想象春天到来以后所有的可能。因为连想象都是困难的，它便更加无法诉说，只能保持沉默，像石头的那种沉默，"大美无言"，种子不开口也是为了更好地诉说。对于一粒种子来说，萌芽是最响亮的宣言，而生长是最传奇的表白。在种子这里，没有高低贵贱之分，萌芽生长乃至开花结果就是它与生俱来的最大荣光。

灯是夜晚的种子，它用光亮说话。

心是自我的种子，它用爱和友善说话。

我是村庄和大地的种子，我用一颗心和一生的成长来说话，能够跟其他种子一起成长就是在共享春天和荣光，这也是我最值得想象和拥有的幸福。

换荒人

◎刘立新

　　头戴一顶草帽，晴天遮阳，雨天挡雨，肩上挑着一副担子，不时发出"吱呀吱呀"悦耳的声音。前头挑着一个藤蔓编织的箩，箩上面放着一个长方形的木盒子，上面盖着一块透明的玻璃。透过玻璃可以看到里面放着缝补衣服的针、线，扎头发的夹子、皮筋，纽扣、梳头的木梳子等小百货，还有小孩子玩的手枪、电动汽车、飞机等玩具。后头也挑着一只藤蔓编织的箩，箩面上也放着一个长方形的木盒子，上面依旧盖着一块玻璃，玻璃下面是一块金黄金黄的米糖，米糖上还撒上了星星点点的黑芝麻，移开玻璃，飘出一股股诱人的香味儿，叫人垂涎三尺。

　　这便是我儿时记忆中的换荒人。

　　孩提时代，吃米糖对我们来说，的确是一种奢望。

　　换荒人终年挑着一副担子，风里来，雨里去，在村头巷尾游荡着，右手拿着一把铁铲子，左手拿着一个小铁锤，一边游荡，一边用小铁锤敲打铁铲子，发出"叮当叮当"的声音。走累了，换荒人就在村中央找一块开阔地，扁担一横，一屁股坐在上面，摘下头上的草帽，一边朝四周张望着，看看有没有人来，一边向着巷子亮开嗓门吆喝："换米糖哟，好吃的米糖，快来呀！"那吆喝声在村子上空久久地回荡着，飘进每家每户，令孩子们怦然心动！

孩子们听到换糖声，口水都流了出来，一个劲地扯着爸妈的衣角，满眼尽是渴望，央求说："我要吃糖，吃好甜好甜的米糖！"父母没办法，只好在屋子里寻找破铜烂铁、鸡毛、猪毛、塑料等去换米糖。

换荒人接过破铜烂铁、鸡毛、猪毛、塑料等，拿在手上掂量掂量它们的重量，然后就随手塞进木盒子下面的箩里，接着弯下腰，用铁铲子在米糖上一划，米糖表面随即出现了一条线，换荒人指着米糖对孩子说，就换这一块。孩子点点头，表示同意。换荒人将铲子靠近米糖，用小铁锤轻轻一敲，米糖就被敲下了一小块。就在敲下米糖的一瞬间，孩子早已伸过去了手，将米糖放进了嘴里，津津有味地嚼起来……

米糖虽好吃，但对我们男孩子来说，最具诱惑力的还当属那些玩具。为了吸引孩子们的注意力，换荒人拿出电动小汽车，先在手上摆弄，然后在地上演示，孩子们一个个瞪大眼睛，围成一圈，那场面比看猴戏还要热闹。现在我还记得，最让我们感到好奇的是电动小飞机。当时，我们百思不得其解：塑料做的飞机怎么和真飞机一样能飞上天呢？换荒人举着飞机对我们说："这个要卖两块五毛钱，如果家里有铜块也行，要三斤。"那时两块五毛钱可不是一个小数字，相当于父母在生产队挣三天的工分哪，父母哪舍得给孩子买这玩意儿。

换荒人除了给我们表演玩电动汽车和飞机，还给我们讲一些好听的故事，讲得最多的是《两个小八路》。那时我们觉得换荒人特别的亲切，只要一听到他的吆喝声，就马上跑过来，围住他，问他有没有好玩的玩具，请他表演表演。问毕，还请他给我们讲好听的故事。

孩子们拿东西换糖吃或换玩具玩，父母则拿破铜烂铁之类的东西换针、线、夹子、皮筋等。中午吃饭时，父母也会请换荒人进屋里吃一顿便饭。换荒人也挺有人情味，临走，会用铁铲子和小铁锤敲几块米糖或送几个泡泡糖给孩子，也算是回报吧。

大概从20世纪80年代开始，换荒人就渐渐从人们的视线中消失了，但他那亲切而又熟悉的吆喝声还时常在我的耳畔回荡，那个头戴一顶草帽，肩上挑着一副担子的换荒人仿佛就在我眼前……

老地方等雨

◎潘玉毅

　　春暮夏初的天气，像个难哄的孩子，忽冷忽热，忽雨忽晴。这不，从昨宵到今晨又下了一整夜的雨，雨点从疏到密，从小到大，从淅淅沥沥到滴滴答答，从轻舞飞扬到重重落下，仿佛一个爱哭泣的小姑娘，眼眶里总有落不完的泪，下得人的心里都湿漉漉的。这样的雨夜适合看书、适合听歌、适合发呆，唯独不适合睡觉。略微有些失眠的我在电脑上胡乱地敲打着，忽然看到陈瑞的一首老歌《老地方的雨》，觉得很适合在这样一个雨夜来听，便点了开来。

　　"一次次在回忆，回忆老地方的雨，默默地我在等你……"雨之为物，每个地方都有，每个季节都下。若说有不同，那便是人在不同时候对雨的感知是不一样的。我喜欢雨，从小便如此。当我还在穿塑胶鞋的年纪里，于我而言，就没有比淋一场雨更值得向往的事情了。然而下雨时不打伞长辈们多半是不允许的，于是我就假意去给在田间劳作的父母送伞，以将沿途的风雨拥在怀中。母亲总是心疼地责备说："下次再不能这样了！"然后替我将额头上被雨拧成一束的头发捋顺，催我早点回去。而我呢，恍如未闻，下次依然如故。

不淋雨的时候，我就站在屋檐下看蚂蚁沿着墙脚搬运粮食，看燕子在梁上呢喃絮语，看院子里的草木被雨水洗濯一新，看路上打伞或是未打伞的行人匆匆走过……雨中的三千红尘较天晴时多有不同，更真实也更有味道。花开时有雨，花会显得特别娇艳；花落时有雨，花又会显得特别伤感。尤其是逢遇一个别离的场面，伤感愈甚。这时，也许应该来一首舒缓的音乐，也许应该念一首诗，也许应该作一幅画。但无论哪一种，雨都是应有的意象。

正如这世间有许多已经十分美好的事物仍需要一些点缀，雨也一样。风雨，风雨，雨最离不得的是风。斜风需要细雨来配，狂风需要暴雨来陪。没有风，雨要少很多变化；而没有雨，这个世界要少很多的诗情画意。想来，每个人的脑海中都储存着一段或者几段关于雨的记忆。也许你曾经在某一个雨天，撑着伞和心爱的姑娘在雨中漫步；也许你曾经在某一个雨天，因为失意在雨中号啕大哭；也许你曾经在某一个雨天，离开了生活多年的城市，独自一个人来到一个完全陌生的地方，开始新的生活，领略新的风景。这样的记忆弥足珍贵。

雨的年龄比人类还大。地球存在了多少年，雨就下了多少年。雨水滋养万物，人类降生以后，对它多有称颂。譬如，像唐宋时期这样才子辈出的年代，文人墨客为我们留下了无数诗词，其中就不乏写雨的名篇。烟雨如梦，令人难忘。而我最喜欢的还是这几句："黄梅时节家家雨，青草池塘处处蛙。有约不来过夜半，闲敲棋子落灯花。"如果将唐代与宋代的所有诗人列一个榜单，赵师秀显然不算是出类拔萃的，但他的这一首《约客》却被人传唱了近千年，喜欢了近千年。与朋友有约，朋友有事未能前来，来赴约的是那黄梅时节的雨。诗人闲敲棋子，与雨应答之际，池塘里的蛙声远远近近，更添许多意境。不知不觉间与雨谈了许久，意犹未尽，因恐费油，遂将蜡烛顶上的灯芯剪去些许，以便通宵畅聊。也难怪赵师秀去世后，戴复古作《哭赵紫芝》，称他是"东晋时人物"。

雨是无情物，却最是多情，故而文学作品、影视剧里常以之来渲染气氛。雨遂常常与邂逅、相聚、别离、游子的孤独漂泊、对时光流逝的慨叹结缘，雨常常是忧郁的。关于雨中的相聚和别离，梁实秋先生在一篇文章里提到一位朋友的话，那朋友则这样说："你走，我不送你；你来，无论多大风多大雨，我要去接你。"我喜欢这样一种表达。风雨里送人，太伤感了，但冒着风雨去接人，连风和雨也都是欢喜的吧。

这个世界，人们皆已习惯了等。等日出东方，等月上柳梢，等佳人赴约，等一个机会展示才能。我也在等，等一场唐宋时期下的雨，等一场懵懂童年里的雨，等一场浇湿了回忆的雨，等一场载满乡愁的未来的雨。

我在老地方等雨，雨来了，就在老地方淋雨，一如对如烟往事的感怀和重温。

旧时手帕

◎潘爱娅

手帕是什么时候从衣兜里消失的？已经没了具体记忆。只知餐巾纸走进生活之后，也没刻意地摈弃，手帕就自然不见了。想当年，谁人没一条手帕？哪怕再穷的人也会扯块破布塞在衣兜里。

少时，拥有一条漂亮、质地高档的手帕，是足可以在伙伴们面前显摆显摆的。我突然想到自己曾经拥有过的一条粉红色丝绸手帕。那是一位大城市来的贵客，送给我的小礼物。从来都是用布帕擦鼻子的我，不承想突然拥有了这样"高贵"的丝帕，激动得心都要跳出来。当时的心情，我现在还能回忆得出。

对青年女子来说，手帕不仅仅能用来擦污，也是种装饰品。记得，那条粉红丝绸手帕我一直舍不得用，直到自己辫子长到腰部时，才拿它把两只辫子连在一起，再结成蝴蝶结。那只粉红的蝴蝶在腰后就那么一直翻飞着，不知引来了多少艳美的目光。

我由手帕联想起了母亲。爱面子讲究仪表的母亲，身上是从来不缺一条干净手帕的。她常跟儿女们说，从一条手帕可以看出一个人的邋遢或干净。手帕洁净，说明那人勤劳爱清洁。相反，一条手帕掏出来脏兮兮的，一看就令人恶心。

母亲还常给孩子们讲故事，讲从前女子是怎么利用手帕装饰自己。她说她们那年代，年轻女子穿旗袍和绣花鞋，走路不能风风火火，要轻轻巧巧地讲究姿态的娴静。那时手帕也精致，有绸缎的，有白竹布挑花的，有苏绣的，有十字绣的，等等，非常好看。

早上起床，穿好旗袍，必定要拿条漂亮手帕掖在腋下，把手帕一角掖进扣襻里，大部分露出来。身腰袅袅，手帕飘飘，那好看是不亚于把手帕扎在辫子上的。母亲认为，她们青年时代的打扮，要比现在的年轻人有品位。我知道，那是母亲在怀旧。

见过有些老年人，把手帕随便掖在斜襟褂子的纽扣上，并不好看，我以为那是为了方便省事。听了母亲的讲解，才知道原来那是前代人的习俗，被那些老人保留了下来。

母亲说，给漂亮女子做装饰的手帕，一般不好意思用来揩脏。擦过了鼻涕又掖在旗袍上必定不雅，因此还会有备用的手帕藏在手袋里。

说穿了，手帕不过是一块布，有的地方叫手绢。最常见的作用是用来擦鼻涕和脏物，因为随身带着用起来方便，所以人人必备。在实际生活中，它不仅仅是用来揩脏，其作用的广泛会涉及方方面面。

孩子在野外没戴帽子时，母亲常把一方手帕搭在孩子头上遮太阳。孩子乘凉时如没穿兜肚，母亲也会拿条手帕搭在孩子肚脐上，说是遮个风。妇女串门，碰到要好的要送点小吃的，往往就是拿条手帕把东西包着带回家。居家过日子的女人所有的手帕，基本上都是为了耐用，布料也以结实为主。像那绸缎手帕，也只有不做粗事的富贵人家女子才会佩戴。

一条手帕，在农人手里是抹汗的，在孩子手里是擦鼻涕的。而在青年男女之间，摇身一变，又成了爱的定情物。

我想，随着手帕的远去，失掉的可能不仅仅是爱情文化，更有那生活中可歌可恋的点点滴滴。

生而为树

◎路　岗

在老家，每一棵树都是有名有姓的，比如堡子梁那一片杏树林，有一棵是甜核，孩子们都叫它"马卵子杏"；果园里的那棵靠近窝棚的苹果树，偷吃过的孩子都叫它"六月鲜"。不是每一棵树大家都能叫出它的名字，然而，这些树确实是有名字的，它们把自己的名字深藏在奇怪的年轮里、恣意蔓延的根须里、光影斑驳的枝叶里，像月光宝盒里的秘密，不会轻易让人知道。村庄攀爬在树木上仰望星空，难忘的时光，离不开树木的歌唱。

茫茫人海，我们不远万里去异地他乡，就是生命中注定与某个人有缘，必须去见一面，哪怕只是惊鸿一瞥、回眸一笑、黄粱一梦，都是缘。我们在邂逅的途中，在擦肩而过的眼神中，往往把一棵棵树给忽略了，南方的树、北方的树、山上的树、路边的树、河边的树……但树从来没有抱怨过我们，而是默默地记下我们的容颜，随风而舞，带给我们最美的遇见和浓烈的芬芳。

天热得像一触即发的风暴，人都喜欢往树影里躲。大树这会儿像个勇敢的老母鸡，把人像小鸡一般护在翅膀下。天越来越热，人越来越多，狗和鸡也挤进来了。大树心里突然涌动起万丈豪情，更加挺拔地矗立在天地间。

人，有时候是不是对树狠了点儿？那棵小树，躲在斜洼的角落里，把头埋了下去，好像受了很大的委屈。其实，它是被吓坏了。前两天，来了几辆大车，一个长胳膊的铁家伙一把将它的爷爷连根拔起，爷爷的根须生生地被扯断。更为可恨的是，一个像是农民的人，操起电锯，将爷爷的胳膊、腿、脚全给锯掉了，好像怀有深仇大恨似的，用斧子使劲在爷爷身上砍了好多下。爷爷被残害得面目全非，像一条鲸鱼般被塞进车厢，尾巴还拖在沙石路上，不知去了哪里。接下来，奶奶如此。再接下来，是爸爸和妈妈。小树眼睁睁地看着亲人们一个个被野蛮掳掠，无论如何也停不下来，把一座村庄都给弄疼了、变冷了，淅淅沥沥的小雨从头一天一直下到鸡鸣把窑门推开、薄雾从川道里升起，像一缕缕愁绪，荡漾在河边。

　　有些树，是有翅膀的。你能想象，一棵树在夜晚飞翔的情景吗？一棵又一棵树，像一群精灵，在月光下翻跹，让整座村庄充满神奇和灵性。我之所以这么说，是因为确实有些从未见过的树，忽然有一天，就在半山崖胆怯地伸出枝丫，叶子绿得好欢喜，小鸟偶尔会在上面歇歇脚，担心有蛇从某个洞里潜出来，一眨眼的工夫，就扑棱棱飞走了。一只灰色的野猫机警地从树枝下翻越而上，似乎在寻找吃的，耳朵竖起，又像随时在寻找逃走的路线。这些树，仿佛就是专为小动物来的。

　　一夜之间，有些树突然就不见了，跟一个人的失踪没有两样。有的树还留下一个凌乱的深坑，有的树匆匆被掩埋了作案现场，究竟是偷树的还是山水制造了这起谜案，谁都不能给出合理的解释。因为有的树走得太匆忙，像是被劫持；而有的却走得很从容，悄然远遁，村里最灵敏的藏獒都没有觉察。谁会刻意去留心一棵树呢？有时候，在另一个地方，总有那么几棵树看上去眼熟，但是看看它周围树木成林，反倒不敢相认，从此便一辈子忘不了，念念于心。

人是不安分的，总希望去远方。树却很忠诚，一旦落地生根，唯一的梦想就是长大能看到更高远的世界。风是树最忠实的朋友，有风的牵手，一棵树远远超出了正常的生长速度。树来到一座村庄，落脚在哪里，风是知情者。有些树，村里人整天在寻找，风就是不说，即使被狗追得满村跑，被恶狗咬住了裤脚，都会以最快的速度挣脱，忍着伤痛，即使鲜血淋漓，也要给树传递消息。该来的总会要来，贪婪和冒险让某些人屡屡得手，一棵棵树便被迫抛妻弃子，被运往遥远的异乡。故土难离，多少大树在途中，寂寞地逝去，最后被火葬。

人是有故乡的，树应该也有。但如今，越来越多的树没有了故乡。没有故乡的树，和人一样不快乐。一阵风起，没有了故乡的树想下辈子转世为风。

赤裸的土地

◎寇俊杰

　　每年9月底10月初这段时间，对于家乡的土地来说，是最特殊的日子，原来长满庄稼的土地里，这时却一棵庄稼也没有，原生态地露出了黄土地的本色。目之所及，除了地头田间这时显得更加高大的杨树、桐树外，剩下的就只有光秃秃的土地了，它一览无余地平铺在你的眼前，近处的脚下是，远处的山脚也是。如果说庄稼是土地的衣服，那么此时的土地就是赤裸的，远处的山坡是她的头颅，蜿蜒的河流是她的臂膀，枝叶繁茂的树木是她的文身，时隐时现的田埂是她的脉络……

　　平时人们关注的是土地上的庄稼，而此时农民更关注的是收获后的土地。撒肥、深耕、耙碎、推平，然后就等待着播种。"人误地一时，地误人一年"，庄稼汉和庄稼地一样实诚，不管是时间还是力气，都耽误不得。人们把当年的庄稼拉回了家，算是对一年的总结，还要把土地拾掇好，为明年的丰收打下良好基础。那些天，庄稼汉们没有一个在家里偷懒的，就是再忙再累也得咬着牙，像是背水一战的勇士。他们把早已沤好的农家肥用架子车一车车拉到地里，一车一堆地先堆放起来。我记事起村里已有了犁地的拖拉机，刚开始只有一台，机器昼夜不停，等轮到谁家犁地了，就全家上阵，把粪均匀地撒到地里。只等犁铧波浪一样，把土地深翻，把粪埋在下面，好了，这时的庄稼汉才会长出一口气，明年的丰收心里总算有底了。

　　接下来就是耙了，为了把坷垃耙碎，人们还要在耙上放一块儿石头，几个人用绳子拉着耙，一圈一圈地在地里奔走。刚开始泥土很虚，几乎陷到人的腿肚子，庄稼汉们赤着脚，一步一步地往前迈着，弓着背，身形像虾，力度则可比纤夫拉纤。秋天，中午前后天气还很热，抵得上三伏天，庄稼汉不但是能出力的汉子，更是能流汗的"汗子"；庄稼不但是用水浇灌的，更是用汗浇灌的。渴了，他们就抱起盛着凉白开的水罐一顿"牛饮"；累了，他们就躺在土坷垃越来越小的土地上舒展下四肢。蓝天白云、厚土轻风，这是他们最幸福的时候，因为这时，他们的心和泥土贴得最近。

　　为了便于浇灌，庄稼地还要有个坡度，原来有的，经过一年的浇灌就平了，如果不再修成斜面，浇地就不可能顺畅均匀，所以要在小麦播种之前先把地整好，这就要用到刮板了。这时，你不得不佩服先人的智慧，仅用将一块三尺长、一尺宽的厚木板竖起来，下面钉上铁齿，上面装个扶手，前面钉两个铁环，拴上绳子，几个人在前面拉，有经验的男主人扶着在后面推，就能把两边的土推拉到中间水道的位置。这虽说比拉耙轻松一些，但也只是相对而言。可是不管怎样，都只能忍着，毕竟推完刮板，就只剩下播种了……

播种是三秋大忙的最后一道工序，也是最轻松的一道工序，因为拉耙和推刮板不知要反复多少次，而播种只要一次就够了。但这又是最重要的一道工序，因为播种的深浅稀稠、麦垄的宽窄曲直都和麦子能否丰收有关。扶耧最需要有经验的庄稼汉，于是，常常是几家人联合起来，由这几家人最有经验的老人扶耧，其他人拉绳。人拉着，耧摇着，耧上的铜铃响着，"当当、当当"，那就是人们对土地最好的歌唱。

　　随着时间的推移，麦苗长出来了，麦苗盖住地面了，绿莹莹的，看不到赤裸的土地了，明年的丰收又开始孕育了！年复一年，生老病死，庄稼汉们一辈又一辈千百年；四季轮回，春夏秋冬，黄土地却始终如一，以实实在在的品格养育着我们一代又一代人，不知疲倦……

花下流连

◎王吴军

　　晴朗的日子里，在花下流连，是多么美好的一件事。这样的时刻，风烟俱净，天地温柔，几点鸟声，几缕白云，或独自欣赏，或与三五知己相伴，微微的清风拂过脸颊，轻轻巧巧，清清爽爽。

　　是的，人在花下，似小舟泊在水波粼粼的湖面上，也似恬静的羽毛落在青碧的石板上，又如鸟儿安然地飞过天空后在绿树枝头小憩，更似一枚美丽的书签在一卷动人的书里微笑，又或者如少女出浴后用细细的笔淡扫出的蛾眉在阳光下自然而弯。人在花下，时光是那么明媚，那么静美。

　　在花下偶尔抬头，会看到有两朵白云因为和我一起贪看这美丽的花儿被遗落在后面，正好和在花下的我彼此相视而笑。有时候，即使风吹，云也不动，就像风吹而顽石不动一样，要不要随风而动，在于一颗心是不是愿意随波逐流。平日里，在那些善于见风使舵的人的眼中，我常常是一个不合时宜的人，而我却一直固守着自己的灵魂，过着自己平静的日子，静成一阕书卷中的小令，和这两朵风吹不动的云一样。

　　我想，我在花下，我眼前的花应该也是一个性情疏淡的女子，凝视着时光的眸子，盈着晶莹剔透的露珠儿，用心中纤细的情愫，在人生的画纸上，留下几笔简洁灵动的素描。

常常我也会一如不愿早起的人儿一般疏懒，也会一如清风一般疏朗，流连在花下，风拂过日子的清爽，拂过我依旧温热的脸颊。

我看到，花在乖巧时也会如一个知心的人，牵扯着我的目光，在我的衣衫上留下惬意的味道。我喜欢花，花真的就像是一位神交已久的知己，牵扯着我的目光，更牵扯着我的情思，一路同行。

我把自己的心事交付给那些彼此欣赏的花，交付给花下的青石板，交付给花前的小径，还有小径旁边波光涟涟的碧水，我更把我的心事交付给我的知己。我绵绵的思绪，我旖旎的心事，融进花下的清风里，和时光的丰盈里。

我也爱花下的静。花又袅娜又鲜美又芬芳，花下的青石板仿佛年深日久了，上面的沧桑印痕清晰可见，袅娜的花却不嫌其质朴和普通，而与之相映生辉，相伴成景。时光在花的芳姿的映衬下，生动而旖旎。抬头望天，天仿佛是水洗过的一样净美，素雅的蓝色点缀着几抹云丝。花下，有我，有三五知己，身在此处，心思如被风吹动的一池湖水，微微起了一层层的涟漪，似乎还闪着绸缎一般的光泽。我在花下，静静地看着眼前的花，思绪摇曳，想起了曾经在山里走过的树木掩映的石径，虫鸣阵阵，犹如走进了陶渊明心中向往的桃花源。

这样美的花下，我想我应该有一个带月荷锄归的小院。小院里有几竿修竹，种着各种各样的花，不要那些名贵的花，只要在时光里有花开就好。然后，在花旁栽植上一畦畦的菜，再栽一棵桃树，一架葡萄。桃子成熟时，有花相伴，葡萄成熟时，也有花相伴，花香融着果香从树枝间弥漫出来，流连在石桌上的果盘里。桃子成熟时，花香伴着红嘴儿的桃子。葡萄成熟时，花香伴着紫色的葡萄。

　　当然，还有花下坐着赏花品茶的人。小院的门前，我还要有一条小河，小河的水直通向花下，花香弥漫在波光粼粼的河水中，小河里有几条小小的鱼，还有我挥洒在河上的那些诗句绽放出的花。

　　我一定会在花下摆上桌子，泡一壶清茶，带一卷书，举杯邀花共饮，开口吟咏诗文，把清风招来，任花香弥漫，从清晨一直到黄昏，一直到月出的时候。月光流泻下来，照着恣意盛开的花，时光在花香、茶香、书香水乳交融的袅袅芬芳里惬意流淌，然后，我在花下趁着月光，伏案写几个随心所欲的字，画一幅在似与不似之间的画。

　　在花下，我一定是眉眼生动的，一如《诗经》里那个深情款款的男子，憧憬着江南二十四桥明月夜，向往着秦淮岸边的杨柳依依和佳人低吟。然后，就在故乡花下的春江花月夜，手持书卷，身边没有红袖添香，只有花香弥漫，风光旖旎，岁月清浅。我的日子朴实而简约，如一首唱了多年的老歌，如故乡走了多年的小路。

　　其实，我只是一个简单的人，爱着花下的美好，爱着人间草木的清香，爱着滚滚红尘里平淡的世俗日子。在朝朝暮暮的舒心和烦扰里，把日子过出一些唐诗宋词的生动和婉约。

　　花下流连，日子就多了一点美好和舒畅，我喜欢这样的时光，徜徉其中，醉而忘返。

天天打从松下走

◎米丽宏

松树的松，也是松紧的松。这名字，跟松的脾气，太不搭。

"岁寒，然后知松柏之后凋也。"你看，松不是懈怠的树。它勤谨到其他树都在寒冬休养生息，而它还在持久不息地修炼。

松，是树里的老爷们儿，硬骨头、慢性子，一招一式地长、拉开架势慢腾腾度光阴。不急、不躁、不争、不抢，所以年轮密匝，功夫扎实；老龙蟠虬似的枝枝叶叶，又有性格，又有风姿。

我一直想做松的邻居，天天打从松下走，浸染一股隐逸之风。不错，松树总是显得很苍老，但你知道吗？年年春来，它都会有簇新的松针生发出来。松不语，新嫩的松针，是它的语言。

它告诉你，这世上除了生发、成长、智慧和修行，没有东西是永恒的，包括松树的绿。

我们常看到，大街旁，松绿着；危崖上，松绿着；石缝、涧底或高温曝晒或狂风虐杀，或低温六摄氏度乃至雷劈电闪，虫咬火烧……松都稳稳地绿着。

不分时间，不论空间，松所有的念头，似乎只是绿。向天空伸展，向阳光靠近。给点土，就扎根了，给点阳光雨露，就抽芽了。一抽芽，就停不下来。

松不会给自己弄一个假想敌当靶子，心急火燎，时时要超越谁；也不会瞭望着这片天，却想着要奔走那片海，在焦虑和忙碌中，挥霍时间。

　　松，好像很有底气，骄傲地绿在世界上。可是，你错了，你看到的是表象。实际是，它幽静、隐逸、古风荡荡，它是一位素衣芒鞋的修行者，从躯干到枝叶都散发着淡淡的清香。

　　至于底气，它不需要什么底气。一棵树宛如一个人，无欲无求的时候，就完美无憾了；而那所谓的什么底气，不过是互相攀比而生的优越感罢了。

　　那些松针，看上去有些尖锐、野气，却憨厚笃定地保存着千鸟飞绝、万径寂灭之后的绿。有人说，你看你看，松还是放不下，把那青那绿，牢牢攥着不松手。

　　他却不知是他没开悟：松的绿，是天然，是自在，是一种静态，一种必然，是山石的空，是土地的阔。它已经连"放下"的问题，都放下了。

故乡的草垛

◎杨丽丽

在乡村，草垛的存在就像炊烟一样普遍，是最自然、最淳朴的乡村标志。故乡的草垛是由麦秸秆堆积而成的，每一个在乡村长大的孩子对它都像亲人一样熟悉，每一个离开乡村的游子脑海里或多或少都有着对草垛的记忆。

我的童年也有着和草垛分不开的记忆。麦秋时节，放学归来，总能看到父母拿着杨叉，在打麦场上忙碌着，一层一层的麦秸被碌碡压得绵软而扁平。母亲负责用杨叉一层层把麦秸起出来，父亲则负责把麦秸一层层摞起来。这是一个技术活，只有打好了草垛的地基，才能越垒越高而不会坍塌。父亲是垒草垛的好手，地基打得牢，草垛堆得好，细身子，大盖头，远远看去就像一个个大蘑菇。空气中飞扬着麦子的清香，草垛越摞越高，父母脸上滴着大颗的汗珠却洋溢着满足而欣慰的笑容。

农家的生活离不开草垛，它既是牛羊过冬的料草还是农家做饭的"引火儿"，还可以和泥和在一起抹墙面，用铡刀铡碎了拌上黏性土做土砖坯子。那时候家家户户院墙外或打麦场上都矗立着一个又一个草垛，做饭前，扯几把，扔进灶膛，不一会儿炊烟就带着饭菜的香味飘上了天际。冬天还可以做牛羊的料草，整整一个冬天，耕牛就在麦秸的清香里咀嚼着，反刍着。阳光正暖，耕牛眯着眼睛，时不时发出一声惬意的"哞哞"声，小鸡正在院子里悠闲地散着步，有银铃般的笑声从篱笆院子里飞出来，一个个草垛像列队的士兵在阳光下守护着村庄，农家日子的踏实和悠闲就这样毫无保留地在四季轮回里展现着。

故乡的草垛还是孩童的乐园，放学后我们不会急着回家，我们会在打麦场的草垛群里玩游戏，有时候是"爬山坡"，几个男孩子各自选好一个草垛，手脚并用地爬上去，谁先爬上草垛谁就是这一天的"大王"。有时候是捉迷藏，偷偷在草垛上掏一个洞，钻进去再用掏出来的麦秸堵上洞口，任外面的人找翻了天也找不到。有时候玩的时间长了，还有孩子会在洞里睡着了，直到星星爬上了天空，远处传来了母亲一声长一声短的招呼声，藏起来的小伙伴才被惊醒，顺着母亲的吆喝声找回家，免不了被揪着耳朵一顿臭骂，但是草垛里捉迷藏的乐趣却是时光如何都抹不去的记忆。

到了冬天，草垛就变成了一个个休闲场所，阳光晴好的日子，男人们三三两两依着草垛晒着太阳，妇女们则围着草垛边聊家常边做针线活，孩子们则围着草垛捉迷藏、斗鸡、跳房子。还有悠闲的老母鸡啄着草垛的根部，寻找遗漏的一颗或几颗小麦粒。有雪的日子，草垛就变成了一个个雪蘑菇，顶着一个个白帽子，孩子们会不安分地打雪仗，随手抓一把草垛上的积雪，团成团，你来我往，弄得浑身脏兮兮的，但那嘻嘻哈哈的笑声却响彻了整个打麦场，也响彻了整个快乐的童年。

记忆中的草垛，是贫穷拮据日子里的心理慰藉，是乡村少年成长岁月里的欢乐场，想起故乡的草垛，就想起了舒适惬意的田园生活，想起了炊烟缭绕里母亲的笑脸；想起故乡的草垛，就想起了难忘的童年，想起了那些可亲可爱的父老乡亲，想起了那些简单却快乐的生活……

乡野豆子

◎陈重阳

　　豆子是乡村生活向着幸福美好延展出的一部分，也是农人温饱之外的一种奢望。

　　在过去，覆盖乡野的是玉米和红薯，因为它们高产，能够在一年四季里不断充实农人干瘪的胃囊。而种豆子，就成为一种奢侈。后来，豆子才大片出现在田野，成为田野丰富的点缀，成为美好日子的旗幡。黄豆、赤豆、绿豆，在田野的风里摇曳生姿，把秋季渲染得丰富多彩。

　　豆科的作物一贯深明礼仪，它们在季节里，托着饱满沉实的豆荚，面对劳动的付出者，丢弃私藏的意图，做出拱手相让的姿势。排排的豆荚在阳光的亲吻中丰满，在秋风的轻抚中干燥。收获之后，场地里集结的豆荚们，会经历一场棍棒的夹击，噼里啪啦噼里啪啦响作一团，这是它们对农民最高的礼仪，还是对生命发出的赞美？

　　母亲擎起簸箕一颠一颠，豆荚皮便轻舞飞扬，壮烈飘散而去。小心地翻拣完那些遗留的碎屑后，各种豆子便发出黄、赤、绿的油光，滚圆的身体裸露在母亲欣喜的目光里。乡野日子就像打开了的绚丽彩页，内容一下子就不一样起来。

黄豆是油料作物，我的父亲会背半袋黄豆，走到镇上去榨油。那些金黄金黄的颗粒，会轰轰烈烈经历压榨的痛苦，挤出生命中美好的部分，滋润乡间的生活，让生活脱离干枯涩滞，变得有滋有味、活色生香起来。

最奢侈的莫过于炸咸食。每逢年节的前一天，母亲都会倒出清亮的豆油，放在火炉上加热。和好的面团则擀、压、切，做成各种形状，然后下油锅。刺啦刺啦的烹炸声，像是对生命的歌咏。

绿豆满身碧绿，呈现出生命的原色，通常用来做滋润胃肠的茶饮。一锅清水放入通体晶莹的绿豆，文火熬起来。初始，豆子在锅里沙沙作响，似刀枪剑戟上砍下杀。久了，方才天下定矣，安分下来。待至豆烂，茶汤便褐绿莹润，清香怡人。绿豆茶饮宛若法宝，能降温祛燥，平息心底火气。

提一罐子给下地做活的父亲，清清亮亮的绿豆茶，里面沉着蓝天白云，影影绰绰的树杈鸟雀。父亲正人困马乏，焦渴难耐。他停顿下来，两手扒着罐子，挺身仰脖，咕嘟咕嘟，肺腑之间便茶流汹涌。半晌，"咣当"一声，罐子落地。于是，他气韵开始平息。力量，一寸一寸又恢复至体内来了。

赤豆呢，往往带着母亲的味道。母亲手巧，是能把苦涩生活拧出甜味的人。在闲散冬日的某个清晨，我们姐弟都冷得缩着脖子。母亲抱来一捆干柴说，来，烧锅。锅里的水沸腾着，里面煮的是赤豆，几个时辰煮到软烂，加些柿皮、甘薯，搅拌成什锦馅料。以发酵好的面团包上馅料，就成了豆包。乡下的豆包，颇像乡下人的性子，皮薄馅足，内心实在。

　　母亲每次总是要蒸出两屉的豆包来，一笼留给我们吃，另一笼作为礼物走亲戚。圆鼓鼓的冷豆包切成四瓣，露出新鲜的馅料，便忍不住舌下生津、喉头律动。香甜软糯，食之熨帖，欲罢不能。我们都是慢慢品味，生怕这幸福去得太快了。之后，我们姐弟要挎着篮子走过乡野，把一份殷切的心意，传递给远方的亲戚。

　　乡野豆子，串起一把幸福之门的钥匙，瞬间打开了光阴的通道，让单调的生活变得多彩起来。多年以后，豆子仍扎根在我的记忆里，膨胀发酵，绵延着一种生命的原香，挥之不去。

渔舟绕落花

◎官凤华

　　闲暇展卷，读南朝梁刘孝威《登覆舟山望湖北》诗："荇蒲浮新叶，渔舟绕落花。浴童竞浅岸，漂女择平沙。"心中一片波光旖旎。

　　岸边横陈着苦楝、桃杏、曲柳，有菜花和芦花，风掠过，落英缤纷。渔姑身姿袅娜，鱼儿唼喋有声，村童相逐戏水，笑声惊飞俊鸟，倏地遁入蒹葭中。有宋人画境的高古苍劲。

　　那年头的水乡，水色清冽，榆柳荫檐，黄发垂髫，水映脊墙，民风清淑。河流港汊里，总能见到渔民划着渔船，捕鱼捞虾。清风明月，蛙鼓虫鸣，一路相随，天地任逍遥。

　　渔船中舱有篷，成拱形。船头有一个土灶，船尾有几盆太阳花、蘼芜，或小青葱，拴着一只小花狗，汪汪叫。前舱铺有木板，舱里是捕获的杂鱼。篷顶上晾晒着花衣，有淘箩在风中作响。

　　鸬鹚捕鱼最壮观。渔人提起粗嗓门吆喝："噢去——噢——去！"一只只墨绿的鸬鹚便纷纷潜入水中。浮上来时，渔人立刻用细竹篙挑上来，卡住其脖，逼其吐鱼。鸬鹚吐出鲫鱼、昂刺、鳜鱼等杂鱼儿，随即又被渔人拎着脖子扔下河去。

　　拖爬网的渔人慢悠悠地撑船，拖着沉在水底的罾网。水花生、龙须草被船身牵着，水面乱溅，浮光耀金。俄顷，渔人搁下篙，把爬网拖上船。网里多是活蹦乱跳的小鱼青虾，拉到大鲤鱼，鱼身鳞光炫目。女人挽着髻，插一朵栀子，用长筷子拣着小鱼、小虾和螺蛳，动作娴熟，流盼的眼神映着清凌的波光，妩媚静美。

这时候，有人跑到河边，招呼远处的渔船拢岸，然后一步跨上船，先看桶里的鱼虾，再看小舱中的大鳜鱼和螃蟹。一阵热情招呼后，那人提上一条大鲤鱼或拎着半篮子鱼虾，笑呵呵上岸了。回家烧一碗红烧鲤鱼或是咸菜炖小鱼，保准让客人大快朵颐，不忍卒筷，味蕾陷入鲜美的沼泽中。

渔船周身斑驳，伤痕累累，经历过好多凄美的故事，好多艰辛的旅程。渔家最能感受到旷古的静谧，伴着星光月色，轻风蛙鸣，渔人用微笑面对苦难与风浪。

居于小城，我总是怀想故乡卤汀河里野鸭一样自由穿梭的渔船。渔姑的清纯，咿呀的棹橹声，门前的菰蒲菱藕，木桥上的水牛鞭影，水色淋漓，水乡生活丰盈而滋润，年画一样吉祥平和。

喜欢聆听小提琴曲《渔舟唱晚》。每每天音泛起，脑中立现"渔舟唱晚，响穷彭蠡之滨"的诗意画面。夕阳西下，群鸥飞翔，渔舟激起浪花，天色渐暗，渔人奋力摇起橹，小舟箭般蹿行。桃花源般的诗情画意。

很是崇尚古人坐船亲水的雅事。醉卧船头赏霞光，不知南北。"孤雁惊飞，秋色远近，泊舟卧听，沽酒呼卢，一切尘事，都付秋水芦花"，陈眉公的风雅，后人效仿。

　　而今，渔船远去，炊烟、草屋一样，浸润着淳朴的田园诗情。我时常伫立在小河边，凝望潺潺流水和清泠水草，期待能再次邂逅诗经年代的渔船，撷拾往昔的柔软时光，以及日渐湮没的善良和悲悯、古典和雅致。

又闻乡间梆子声

◎刘明礼

　　近日回老家小住。清早起来，嫂子点火做饭，我帮哥哥打扫院子。突然，一阵节奏分明、清脆悦耳的梆子声由遐及迩。哥哥放下手中的扫把："卖豆腐的来了，我去打两块。"说着转身回屋去拿碗。不知怎的，我心情竟有几分激动，脑海里不由浮现出一幅幅久远的画面……

　　我在农村长大，这清脆的梆子声，一如岁月的鼓点，伴我走过快乐的童年、懵懂的少年和踌躇的青年。那时候农村物资匮乏，文化生活也很单调。走村串乡的小商小贩，不光丰盈了人们的物质生活，也是一道独特的乡村景致。在我们冀中老家，各路商贩都有本行独特的吆喝方式，或可称之为"暗号"。有的打小铜锣，有的摇拨浪鼓，有的则是敲梆子……不一而足。

　　听到"噇、噇、噇噇"的小铜锣声，孩子们就会从家里往街上跑。因为一听这声音，便知道是卖糖的来了。卖糖的推着一只独轮小车，车上一个个小木格子里，放着花生糖、芝麻糖、橘子瓣糖、冰糖之类自制的糖果。我们村就有一家熬糖的，每天由家里十五六岁的小姑娘推车出来叫卖。小姑娘叫玲，本姓刘，人们却都叫她"糖玲"。论乡亲辈我叫她姑姑，后来成了我本家婶

185

子。直到现在村里人开玩笑还叫她"老糖"。那时没几个孩子手里有零花钱，多半只能是围着卖糖的小车转。偶尔有孩子能从大人手中讨到毛儿八分，或者翻箱倒柜找到两三个钢镚儿，换上几块糖吃，会让别的孩子"羡慕嫉妒恨"上好一阵子。

拨浪鼓则是货郎们的专属"道具"。货郎有的推车，有的挑担，进了街口把车担放下，先是拉着长音吆喝一声："破铺衬烂套子换碗——碎头发换钢针——"接着就"拨楞楞楞、拨楞楞楞"地摇起了拨浪鼓。这时候，家里的主妇们就收拾出那些没用的旧物件，用现在的词叫"可回收垃圾"，换回些针头线脑、碗筷勺子之类的小日用品。其实换得的东西村里供销社（商店）也有，不过得用钱买。在那个贫穷的年代，这种以物易物的方式更受老百姓欢迎。

敲梆子的，通常是两种生意人，一是换香油的，二是卖豆腐的。他们进村一般不用吆喝，左手拿着一只带木柄的梆子，右手拿着一截磨得发亮的木棍，"梆梆梆"一敲，人们便知道来的是哪一路生意人。"梆、梆、梆梆；梆、梆、梆梆……"这种节奏，是卖豆腐的；"梆梆梆梆……"连续敲击，则是换香油的。过去我们村有两户做豆腐的，早上推着车出来卖豆腐，傍晚挑着担卖豆腐脑。村里人给这两户人家的男丁，名字前面都冠之以"豆腐"二字。豆腐锤、豆腐响、豆腐庚……几乎忘记了他们的本名。豆腐可以用黄豆换，而豆腐脑得用钱买，一毛钱一碗。那时候我们家里穷，十天半月也不换一次豆腐吃，而豆腐脑更得生病了才能吃上，以至巴不得天天有个小病小灾的。

食用油是生活必需品，每家都会用芝麻、花生、棉花籽来换。邻村有个老胡，几乎天天骑着"大水管"车子到我们村转上一圈。他那只梆子和木槌似被油浸过一般，油亮油亮；一年四季穿的衣服也似被油泡过，油乎乎的。人们都叫他"油胡"。不过油胡并不"油"，他做生意实在，从不缺斤短两。因此尽管有时也会有别的卖油郎到村子里来，但大家却更认老胡。老胡不愧为"油胡"，他的梆子敲得也"油"，不急不缓，不轻不重，节奏分明，让人一下就能分辨得出。

不知不觉中，这熟悉的梆子声，我已阔别三十多年。现在人们的生活有了极大改善，连村里的超市都颇具规模。走村串乡的商贩，连同那些独特的乡音符号，正渐行渐远。如今，又闻乡间梆子声，怎能不让人浮想联翩……

窖　藏

◎张金刚

　　苍山，听起来很美，是我故乡的名字。那里不产酒，更不藏酒，但家家必有两口窖。一口是祖传的井窖，用来贮藏红薯；一口是临时搭的棚窖，用来贮藏白菜。有了这两口窖，便如同藏了至宝，过冬才有底气，日子才算殷实。

　　记事起，老房后山就有一口井窖，张开大口在山野静寂着。母亲天天嘱咐年幼的我别靠近，说窖里住着长虫（蛇）。我最怕长虫，便躲得远远的，避开了被窖吞下的危险。不知祖上哪辈开掘了这窖，年年秋季经父亲清理干净后，就被新刨出的红薯填饱肚子，盖上石板，闭了嘴，然后如老牛反刍般地将满肚的红薯吐出，再吐出，直至吐净，喂养我们全家老小及家畜。

　　正是一个深秋，父亲带我清窖。钻入窖口，脚踩着侧壁上一个个坑穴慢慢探身下去，触地的一刻，心陡然一惊，生怕有潜伏的长虫袭来。点燃一支蜡烛，跳动的火焰中终于第一次看清，窖里根本没什么长虫，只一个圆乎乎的洞穴，横卧在窖底旁侧，等着我来。

　　父亲指挥，我照办，将积存了数月的枯草、烂叶、落石、淤沙，一篮一篮递出窖外，打扫干净。再接过父亲用绳索递下的一桶清水，仔细将洞穴浇遍，它即刻由干燥变得潮润起来，清清爽爽地静待又一季的红薯如约光顾。出窖后，父亲拍拍我身上的尘土，得意地说："我儿长大了，不怕长虫喽！"羞得我涨红的脸如刚出窖的红薯。

秋风抹地一阵劲吹，吹黑吹瘦了满地叶蔓，却吹肥了地下的红薯，它们一个个撑破地皮，几欲出土。一锄下去，父亲提溜起一嘟噜硕大的红薯，乐得合不拢嘴。我揿下一块，用镰刀削了皮，淡黄的薯块沁出点点白汁，嚼一口分外甜，满嘴都是丰收的滋味。数天后，几千斤红薯便被分批刨出，摘下，装筐，车推肩挑背扛运到窖口。父亲在外，我下窖，一篮篮递到窖里，一块块码放整齐，填满了洞穴。望着这一窖红薯，我佩服父亲、心疼父亲之余，更看到了生活的希望。

当然，父母最懂农事，不管日子多么紧巴，孩子多么嘴馋，定会窖藏好来年的种薯。待春暖花开，育秧栽植，更待秋来又一季丰收，开始又一冬窖藏，绵延又一年岁月。

窖藏好红薯，已过霜降，直抵立冬，到了收白菜的时令。菜地里，曾经蓬勃、翠绿的大白菜已被稻草绑了起来，而它们也格外乖巧听话，裹了厚实的一个大菜心。我挨个儿敲敲，它们硬邦邦的，"嘭嘭"作响，我心里也便敲起了"欢乐鼓"。

需听天气预报，赶在初雪、上冻前将白菜收了，入窖，平地起层层码高，抵着棚顶，中间用高粱秆隔开，再配放些萝卜、土豆，这一冬的蔬菜便有了保障。隔段时日取出些，便能做出最家常、最养人的白菜乱炖、醋熘白菜、凉拌菜帮、白菜水饺，充实鲜菜寥寥的冬季餐桌。这便是窖藏白菜之于寻常百姓的平民姿态，即使天天吃，也不腻烦。

城里安家后，每至隆冬时节，我便格外想念那两口窖，想念窖藏的红薯、白菜，想念仍旧种地等我回家的年迈二老。每过段时日，我就回到故乡，尾随父亲去掏红薯，跟着母亲去掏白菜。井窖依旧，棚窖如昨，只是贮藏的红薯、白菜虽美味依然，数量却逐年减少。父母年纪大了，干不动了，种得少了，现实戳得我心痛，且一年痛过一年。

于是，我便格外珍惜，将汇集了故乡水土、父母深情的红薯、白菜，小心翼翼地从窖中取出带回城里，好好保存，精心烹制，让红薯更香甜，白菜更清纯。最美的是，妻子时常水培一些生了芽的红薯、吃剩下的白菜。室外寒气逼人，室内暖意融融，再有鲜嫩的红薯叶蔓、淡雅的白菜花朵相伴，便如身在故乡，有了老家的味道，内心一片安然。

两口窖，是苍山农家的功臣，一年年，默默吞吐着父老乡亲的劳动果实，窖藏着父辈对美好生活的渴求和对远方儿女的牵挂，也窖藏着游子对心上故乡的思念和对不老故土的依恋，和游子相随走进岁月最深处。即便有天，井窖空空如也，棚窖不再搭起，山的两口窖也依然会在我心头永存，窖藏满满，醇香悠悠。